外国文学名著丛书

[古希腊]索福克勒斯/著

索福克勒斯悲剧二种

罗念生/译

"外国文学名著丛书"编委会

人民文学出版社

Σοφοκλῆς
'ΑΝΤΙΓΟΝΗ
ΟΙΔΙΠΟΥΣ ΤΥΡΑΝΝΟΣ

图书在版编目(CIP)数据

索福克勒斯悲剧二种/(古希腊)索福克勒斯著;罗念生译.—北京:人民文学出版社,2021(2025.5 重印)
(外国文学名著丛书)
ISBN 978-7-02-015884-3

Ⅰ.①索… Ⅱ.①索…②罗… Ⅲ.①悲剧—剧本—作品集—古希腊 Ⅳ.①I545.32

中国版本图书馆 CIP 数据核字(2019)第 275629 号

责任编辑　张欣宜
装帧设计　刘　静
责任印制　王重艺

出版发行　人民文学出版社
社　　址　北京市朝内大街 166 号
邮政编码　100705

印　　刷　河北新华第一印刷有限责任公司
经　　销　全国新华书店等

字　　数　94 千字
开　　本　850 毫米×1168 毫米　1/32
印　　张　5.25　插页 3
印　　数　14001—17000
版　　次　1961 年 11 月北京第 1 版
印　　次　2025 年 5 月第 5 次印刷

书　　号　978-7-02-015884-3
定　　价　39.00 元

如有印装质量问题,请与本社图书销售中心调换。电话:010-65233595

索福克勒斯

出版说明

人民文学出版社自一九五一年成立起,就承担起向中国读者介绍优秀外国文学作品的重任。一九五八年,中宣部指示中国科学院文学研究所筹组编委会,组织朱光潜、冯至、戈宝权、叶水夫等三十余位外国文学权威专家,编选三套丛书——"马克思主义文艺理论丛书""外国古典文艺理论丛书""外国古典文学名著丛书"。

人民文学出版社与中国科学院文学研究所,根据"一流的原著、一流的译本、一流的译者"的原则进行翻译和出版工作。一九六四年,中国社会科学院外国文学研究所成立,是中国外国文学的最高研究机构。一九七八年,"外国古典文学名著丛书"更名为"外国文学名著丛书",至二〇〇〇年完成。这是新中国第一套系统介绍外国文学作品的大型丛书,是外国文学名著翻译的奠基性工程,其作品之多、质量之精、跨度之大,至今仍是中国外国文学出版史上之最,体现了中国外国文学研究界、翻译界和出版界的最高水平。

历经半个多世纪,"外国文学名著丛书"在中国读者中依然以系统性、权威性与普及性著称,但由于时代久远,许多图书在市场上已难见踪影,甚至成为收藏对象,稀缺品种更是一书难求。在中国读者阅读力持续增强的二十一世纪,在世界文明交流互鉴空前频繁的新时代,为满足人民日益增长的美好生活的需要,人民文学出版社决定再度与中国社会科学院外国文学研究所合作,以"网罗经典,格高意远,本色传承"为出发点,优中选优,推陈出新,出版新版"外国文学名著丛书"。

值此新版"外国文学名著丛书"面世之际,人民文学出版社与中国社会科学院外国文学研究所谨向为本丛书做出卓越贡献的翻译家们和热爱外国文学名著的广大读者致以崇高敬意!

"外国文学名著丛书"编委会
二〇一九年三月

编委会名单

（以姓氏笔画为序）

1958—1966

卞之琳　戈宝权　叶水夫　包文棣　冯　至　田德望
朱光潜　孙家晋　孙绳武　陈占元　杨季康　杨周翰
杨宪益　李健吾　罗大冈　金克木　郑效洵　季羡林
闻家驷　钱学熙　钱锺书　楼适夷　蒯斯曛　蔡　仪

1978—2001

卞之琳　巴　金　戈宝权　叶水夫　包文棣　卢永福
冯　至　田德望　叶麟鎏　朱光潜　朱　虹　孙家晋
孙绳武　陈占元　张　羽　陈冰夷　杨季康　杨周翰
杨宪益　李健吾　陈　燊　罗大冈　金克木　郑效洵
季羡林　姚　见　骆兆添　闻家驷　赵家璧　秦顺新
钱锺书　绿　原　蒋　路　董衡巽　楼适夷　蒯斯曛
蔡　仪

2019—

王焕生　刘文飞　任吉生　刘　建　许金龙　李永平
陈众议　肖丽媛　吴良柱　吴岳添　陆建德　赵白生
高　兴　秦顺新　聂震宁　臧永清

目　次

译本序 …………………………………………… *1*

安提戈涅 ………………………………………… *1*

俄狄浦斯王 ……………………………………… *61*

译本序

索福克勒斯是古希腊三大悲剧诗人之一,他的作品反映了雅典民主政治全盛时期的思想。他提倡民主精神,反对僭主专制,歌颂英雄人物,重视人的才能。希腊悲剧到了诗人手里,人物丰富多彩,形式趋于完美——这就是诗人对于希腊戏剧发展的贡献。

一

索福克勒斯约于公元前四九六年生在雅典西北郊科罗诺斯乡。他父亲索菲罗斯是个兵器制造厂厂主。索福克勒斯受过很好的教育,特别在音乐和体育方面受过严格训练,据说他的音乐教师是当日名家兰普洛斯,他后来在音乐和体育比赛中获得过花冠奖赏。他少年时正逢希腊波斯战争,萨拉弥斯(萨拉米)之役胜利时,他大约十六岁。雅典人那次围绕着战利品举行庆祝大会,曾叫这年轻人赤着身体,抱着弦琴,领导歌队唱凯旋歌。

诗人的中年正逢雅典最繁荣时期,他的老年则在雅典和斯巴达打内战的时期中度过。他曾积极参加政治活动。他早年和土地贵族寡头派领袖客蒙交往,客蒙战死(前449

年)后,他和工商业界民主派领袖伯里克利①交情甚笃。他于公元前四四三年被选为税务委员会主席,向盟邦征收贡税,据说他曾改革过贡税制度。公元前四四〇年,他被选为雅典十将军之一(据说因为他的悲剧《安提戈涅》上演成功,才获得了这最大的荣誉),曾经同伯里克利率领海军去镇压雅典盟邦萨摩斯,萨摩斯的寡头派反对民主派,企图使萨摩斯退出以雅典为首的得罗斯(提洛)海军同盟。萨摩斯被攻下之后,索福克勒斯代表雅典逼使萨摩斯人接受了苛刻条约。公元前四二〇年,雅典人迎接医神阿斯克勒庇俄斯到雅典祛除瘟疫,诗人以雅典英雄阿尔孔②的祭司的资格迎接医神;他死后被雅典人尊称为"迎接者",和阿斯克勒庇俄斯一起受雅典人崇敬。他于公元前四一三年参加了反民主的政变,被选为西西里战败后成立的"十人委员会"委员,于公元前四一一年和其他委员们一起被控赞成寡头派提出的限制公民权利的宪法,他在答辩中说是"迫于不得已",因此被判无罪。

他和希罗多德交情很深,有诗送他远行;他时常借用希罗多德的史料③。他和诡辩派哲人阿那克萨戈剌斯和普洛塔戈剌斯是朋友。他很尊敬埃斯库罗斯,但批评他太骄傲,说他在

---

① 伯里克利约生于公元前四九五年,死于公元前四二九年,自公元前四四四年直到死时执掌雅典大权。
② 阿尔孔在世时是个医师。
③ 例如《安提戈涅》第900行以下一段便是借用希罗多德的故事:印塔斐耳涅斯的妻子被允许自被判死刑的亲属中保留一个人,她保留的是她的弟兄,理由与安提戈涅所说的相同。

戏剧比赛①中被他赢了一次,就气愤不平。他对欧里庇得斯也很敬重,当他听见欧里庇得斯的死耗的时候,他曾叫自己的歌队为他志哀。

诗人的身体虽然强健,嗓子却不很洪亮。据说他一生只演过两次戏,其中一次演他的悲剧《塔密剌斯》中的盲歌者,很是成功,因此有人把那个剧景画在雅典画廊上;另一次演他的悲剧《洗衣少女》中的公主瑙西卡亚,打球的姿势博得观众的称赞。

诗人二十八岁左右(公元前468年)就在戏剧比赛中初次赢了埃斯库罗斯。那次的评判员是临时由客蒙和他的九个同僚担任的。据说埃斯库罗斯为这事很生气,愤而离开雅典,前往西西里。大约过了二十七年,索福克勒斯才在戏剧比赛中输给了欧里庇得斯。他一共得了二十四次②头奖和次奖,并且从来没有得过第三奖。他在六十年左右的创作活动中,大约写了一百三十出悲剧和"笑剧"③,而流传至今的只有七出完整的悲剧,这七出按照演出年代大致这样排列:

一 《埃阿斯》,公元前四四二年左右演出。

二 《安提戈涅》,公元前四四一年左右演出。

三 《俄狄浦斯王》,公元前四三一年左右演出。

四 《厄勒克特拉》,公元前四一九至四一五年之间演出④。

---

① 古雅典每年举行两次戏剧比赛,每次有三个悲剧诗人和三个喜剧诗人参加,每个悲剧诗人上演三出悲剧和一出"笑剧",得第三奖为失败。
② 一说十八次,另一说二十次。
③ 一说他写了一百二十三出悲剧和"笑剧"。
④ 一说公元前四一〇年演出。

3

五 《特剌喀斯少女》,公元前四一三年左右演出。

六 《菲洛克忒忒斯》,公元前四〇九年演出,得头奖。

七 《俄狄浦斯在科罗诺斯》,公元前四〇一年演出①,得头奖。

诗人死于公元前四〇六年。当时雅典和斯巴达还正在进行战争,以致交通受阻,诗人的遗体不得归葬故乡。斯巴达将军吕珊德洛斯听说诗人死了,特别下令停战,让雅典人把诗人埋葬在阿提卡北部得刻勒亚附近。诗人坟上立着一个善于歌唱的人头鸟的雕像。

二

就雅典来说,公元前五世纪是一个充满了战争,充满了政治和经济矛盾的动荡时期。然而,当日的历史大事,例如希腊波斯战争,以雅典为首的得罗斯同盟和以斯巴达为首的伯罗奔尼撒同盟之间的明争暗斗,以及富人与贫民、奴隶与奴隶主之间的阶级矛盾,在索福克勒斯的作品中都没有直接的反映。但是他的作品反映了公元前五世纪中叶的时代风尚,即伯里克利时代的风尚。这个风尚,就它的要点来说,就是提倡民主精神,反对僭主专制,鼓吹英雄主义思想,重视人的才智和力量,对某些旧传统加以肯定。

雅典的民主运动开始于公元前六世纪初梭伦执政时期。梭伦废除了土地抵押,禁止土地集中,并且废除了土地贵族世袭的政治特权。公元前六世纪末,克力斯提泥又进行民主改

---

① 这出戏是诗人死后,由他的孙子拿出来上演的。

革,把原来按部落划分的四个大区化为十个行政小区,每区的居民包括各部落的成员,他们都享受同等的政治权利,于是民主制度才得以形成。但这种政治权利只有男人(绝大多数是奴隶主)才能享受,妇女是没有份的,至于奴隶则不受法律保护,更谈不上什么政治权利。所以雅典的民主不过是奴隶主的民主罢了。这次的民主改革虽然分散了土地贵族的力量,但没有完全摧毁他们的势力。公元前五世纪上半叶,土地贵族寡头派与工商业界民主派之间的斗争仍然是很尖锐的。寡头派的领袖是客蒙和修昔的底斯,民主派的领袖是厄菲阿尔忒斯和伯里克利。伯里克利和修昔的底斯之间的斗争真是如火如荼,胜利终于落到前者手中。伯里克利的历史使命是扫除贵族的残余势力,以保障人民既得的权利。巩固民主制度是当时的普遍要求,而提倡民主精神成了一种风尚。

　　索福克勒斯并不是土地贵族出身,他起初同寡头派接近,后来加入了温和的民主派。从他的剧本里,可以看出他是提倡民主精神的。《俄狄浦斯王》剧中有好几处提到发言权(第408到409行,第574到575行)。海蒙反对他父亲克瑞昂的专制,他认为"只属于一个人的城邦不算城邦"[①]。《俄狄浦斯在科罗诺斯》剧中的雅典国王忒修斯认为雅典是"凡事都凭法律断定的城邦"。这些话反映了一定的民主思想。

　　在古希腊民主运动期中,当平民的力量不够强大,还不能推翻贵族势力的时候,往往有野心家利用平民与贵族之间的矛盾,借平民的力量夺取政权,成为僭主。这些僭主是贵族制度过渡到民主制度时期的产物,他们的主要作用是进一步削

---

① 见《安提戈涅》第737行。

弱了贵族势力。雅典的庇士特拉妥就是这样于公元前五六〇年成为僭主的。他多少还能照顾人民的利益；他死后，由他两个儿子当权，他们的残暴引起了人民的反抗，次子希帕卡斯被刺死，长子希庇亚斯变本加厉，采取恐怖手段压迫人民，于公元前五一〇年被放逐，他后来参加马拉松之役，企图借波斯兵力进行复辟，没有成功。到了公元前五世纪中叶，仍然有野心家想夺取政权，客蒙就是个危险人物，于公元前四六一年被放逐。所以伯里克利的第二个历史使命即是防止再有僭主出现，以保障人民的民主权利。当日的雅典成了民主的堡垒，反僭主的中心。

索福克勒斯对于僭主深恶痛绝，他曾拒绝西西里僭主和马其顿国王的邀请，他认为：

> 谁要是进了君王的宫廷，谁就会
> 　　成为奴隶，不管去时多么自由。①

他竭力攻击暴君，例如《埃阿斯》剧中禁止埋葬埃阿斯的墨涅拉俄斯和阿伽门农，《厄勒克特拉》剧中迫害厄勒克特拉的埃癸斯托斯和克吕泰墨斯特拉，《安提戈涅》剧中的克瑞昂和《俄狄浦斯在科罗诺斯》剧中迫害俄狄浦斯和他的女儿们的克瑞昂，这些暴君无疑是影射雅典的僭主。②

英雄主义思想来自荷马史诗，因为荷马所歌颂的是为民族利益和生存而战斗的英雄人物。经过了希腊波斯战争，这个思想更是深入希腊人的心中。伯里克利曾在内战第一年（公元前431年）发表的《葬礼讲演》中称赞雅典过去的英雄

---

① 见残诗第788段。
② "暴君"和"僭主"在希腊文里是同一个字。

们给后人留下一个自由的城邦,称赞人民的勇敢,称赞他们敢于面对危险;换句话说,他是在鼓吹英雄主义思想。索福克勒斯抓住了这个时代风尚,在他的悲剧中描写英雄人物,歌颂勇敢的行为。他的人物具有和仇敌或命运斗争到底的坚强意志,他们相信自己是站在正义的一方,所以临危不惧,明知事之不可为而为之(例如安提戈涅、厄勒克特拉和《埃阿斯》剧中的透克洛斯);他们或者自己有了过失行为而勇于负责,自承其咎(例如《俄狄浦斯王》剧中的俄狄浦斯),或者为了保护自己的荣誉而毅然自杀(例如埃阿斯)。索福克勒斯的人物具有坚强的毅力,能忍受一般人不能忍受的苦难。索福克勒斯曾说,他按照人应当是什么样来写,欧里庇得斯则按照人本来是什么样来写;①换句话说,他写的多是理想化的人物,欧里庇得斯写的则是现实的普通人。

索福克勒斯是个很乐观的人,但是他也能看到生活中人们遇到的苦难。他剧中的英雄遭遇着莫大的苦难,甚至以孤子之身与巨大势力做斗争,安提戈涅、俄狄浦斯、厄勒克特拉、菲洛克忒忒斯等人物就是这样。他们之所以遭受苦难,与其说是由于他们自身的过失,毋宁说是由于他们的美德。索福克勒斯的人物都是些无辜的英雄,安提戈涅、俄狄浦斯、菲洛克忒忒斯、《特刺喀斯少女》中的得阿涅拉等人,不论就情理而论,或者就法律而论,都是没有罪的。

希腊人战胜波斯人以后,雅典的政治、经济实力的扩张,引起了文化、艺术的高潮。伯里克利重建被波斯人烧毁了的雅典城,重修神殿及各种公共建筑,他的用意是要使雅典成为

---

① 参看亚里士多德的《诗学》第二十五章。

希腊世界的文化中心,以加强它的政治威望,同时提高人民的享受。当时人才辈出,各显才华,他们的创造和发明才能是很惊人的。伯里克利对文学、艺术、哲学等十分重视,许多诗人、艺术家、思想家成为他最好的朋友。当时很重视人的才智和力量。《安提戈涅》第一合唱歌是这样开始的:"奇异的事物虽然多,却没有一件比人更奇异。"①歌队随即称赞人会航海、耕种、狩猎、造屋、治病、运用语言和思想。索福克勒斯这样歌颂了英雄时代的人,也等于歌颂了自己时代的雅典人的蓬蓬勃勃的创造精神。

在战胜波斯之后,雅典城邦转入建设时期,旧的宗教观念和伦理观念正在被推翻,而新的尚未建立起来,因此雅典城邦为了维持社会秩序,对于传统的宗教观念和伦理观念不得不保留一些,凡是对于城邦有利的都加以肯定,比如当时雅典奉雅典娜为城邦的守护神,所以在对雅典娜的崇拜中,雅典人在精神上有了更有力的团结。这个做法是守旧的,但不是为了恢复氏族制度,而是为了维护城邦制度,使社会秩序得以维持。当时氏族制度已经瓦解,但是家庭在城邦制度下还是社会组织的基本单位,所以氏族社会遗留下来的某些伦理观念,例如埋葬亲人的权利和义务②,对城邦还是有利而且是必要的。因此,这些伦理观念要求在民主的城邦中取得合法地位。伯里克利曾在《葬礼讲演》中对这个要求做了肯定的答复,他说雅典人是遵守不成文法的,《安提戈涅》肯定不成文的神律,肯定人人有权利和义务埋葬自己的亲人,所以这剧所反映

---

① 见《安提戈涅》第332到333行。
② 即一个人无论犯了多么大的罪被处死刑,他的亲人有权利也有义务去埋葬他。

的正是当日的风尚。

索福克勒斯虽然没有在他的作品中触及当日的历史大事,没有对当日的重大社会问题提出自己的看法,加以批判,但是他的作品反映了当日的风尚,对于他的时代还是有现实意义的。不过,总的说来,索福克勒斯的思想是相当保守和矛盾的。他提倡民主精神,却又主张限制公民的权利。在政治上和宗教上,他始终保持着温和的民主派的观点。

三

索福克勒斯把悲剧艺术大大向前推进了一步。他不写神而写人,他剧中的人物大都是能独立行动的人。他善于描写人物,能用三言两语,把人物写得栩栩如生。他的人物比埃斯库罗斯的丰富多彩,他创造了形形色色的人物,每个人物都具有鲜明的个性。他使人物的性格成为戏剧的动力,例如埃阿斯和安提戈涅的性格推动剧情向前发展。

他特别喜欢采用对照手法,《安提戈涅》剧中的安提戈涅和伊斯墨涅、克瑞昂和海蒙,《俄狄浦斯王》剧中的俄狄浦斯和克瑞昂、俄狄浦斯和他的妻子伊俄卡斯忒,《厄勒克特拉》剧中的厄勒克特拉和克律索忒弥斯,都是些性格上相反的人物,有了后者,前者的性格格外鲜明。甚至在同一个剧中,同一个人物有不同的表现,例如埃阿斯起初是野性难驯,但是当他同妻子告别的时候,他却显出是个有教养的人,前后形成了强烈的对照。

索福克勒斯的特长表现在布局上。他的悲剧结构复杂,严密而又和谐,情节越来越紧张,剧中没有闲笔,没有断线的地方。现存的七出剧的布局都很完美,其中最好的当推《俄狄浦斯王》和《厄勒克特拉》两剧的布局。《厄勒克特拉》剧中关于俄瑞斯忒斯的死的冗长描写是为了加强谎话的真实性和表现厄勒克特拉的忍受能力。索福克勒斯剧中的"解"是从布局中安排下来的,只有《菲洛克忒忒斯》一剧借用欧里庇得斯的"神力"这手法,由赫剌克勒斯下凡来劝菲洛克忒忒斯到特洛亚去。但此处的"神力",主要不是为了解决布局上的困难,而是使菲洛克忒忒斯清醒过来。赫剌克勒斯在世的时候是菲洛克忒忒斯的朋友,所以这一景虽然有成了神的英雄出现,却是富有人间味的。索福克勒斯善于运用亚里士多德所说的"转变"手法,所谓"转变"指出乎意料的转变,即所谓"事与愿违",效果与动机恰恰相反。"例如在《俄狄浦斯王》剧中,报信人本是在安慰俄狄浦斯,解除他害怕娶母为妻的恐惧心理的,但由于他泄露了俄狄浦斯的身世,以致事与愿违。"[1]又如俄狄浦斯是为人民、为自己好而诅咒凶手,结果却是诅咒了自己。索福克勒斯的另一手法,即是在悲惨事件将要发生之前,引起一点快乐气氛,以加强戏剧效果,《安提戈涅》"第五合唱歌"和《俄狄浦斯王》"第三合唱歌"都起了这个作用。诗人往往叫人物默默无言地退出,《安提戈涅》剧中的欧律狄刻,《俄狄浦斯王》剧中的伊俄卡斯忒,《特剌喀斯少女》剧中的得阿涅拉的最后退场都是如此,其效果远在说话之上。

索福克勒斯对于戏剧艺术的发展还有许多别的贡献。他

---

[1] 见《诗学》第十一章。

把演员人数从两个增加到三个,使对话和剧情可以复杂化,人物的性格可以从多方面反映出来。① 由于演员人数增加,对话占了主要地位,因此歌队没有先前重要了。但是索福克勒斯的歌队,正像亚里士多德所称赞的,是戏剧整体的有机部分,歌队中的人员参与剧中的活动。②《埃阿斯》和《菲洛克忒忒斯》两剧中的歌队是最理想的歌队,因为歌队和人物有密切关系。索福克勒斯把歌队的人数由十二个增加到十五个,使舞蹈的形式可以起更多的变化。他重视动作,而不重视叙述,他曾把许多可怕的剧景介绍到剧场里,例如埃阿斯当着观众自杀,赫剌克勒斯和菲洛克忒忒斯当着观众发病,俄狄浦斯在刺瞎了眼睛之后再度出场。索福克勒斯打破了埃斯库罗斯的"三部曲"③形式,而写出三出独立的悲剧,使每出戏的情节更为复杂,结构也更为完整。此外,他还介绍了可以转动的剧景以便于更换地点④,改进了服装,改进了剧中的音乐,介绍了一些小亚细亚曲调。

索福克勒斯的风格朴质、简洁、有力量,文字富于联想,例如《俄狄浦斯王》剧中的许多词句,往往使观众联想到俄狄浦斯和他母亲的关系。他的对话很利落、紧凑,俄狄浦斯与克瑞

---

① 每个演员可以轮流演几个人物。在索福克勒斯以前,戏剧演出只有两个演员,同时说话的人物只有两个,所以对话简单,剧情发展比较缓慢,而且有些场面,因为主要人物不说话,显得不自然。自从索福克勒斯把演员人数从两个增加到三个之后,同时说话的人物可能有三个。古希腊的演出限定三个演员,此后不再增加。
② 参看《诗学》第十八章。
③ 或称"三联剧",即三出属于同一题材的悲剧,加上一出属于同一题材的"笑剧",合称为"四部曲"或"四联剧"。
④ "三整一律"中的地点整一律并不是亚里士多德提出的,也不是希腊戏剧家所必须遵守的,《埃阿斯》剧中的地点就曾由营地换成海滩。

昂的谈话①,俄狄浦斯与先知的争吵②都安排得十分巧妙。他的剧中,特别是《安提戈涅》剧中,有很多诡辩的言辞,巧妙的争辩,这表明他在风格和语言方面倒是受了诡辩派的影响。他的合唱歌写得很美,其中最著名的是《俄狄浦斯在科罗诺斯》剧中"第一合唱歌"③和《安提戈涅》剧中"第三合唱歌"④,都极富于色彩的多样性和丰富性,被誉为古代抒情歌的典范。

四

《安提戈涅》是最著名的古希腊悲剧之一,但是被许多人误解了。剧情是这样的:安提戈涅的哥哥波吕涅刻斯借岳父的兵力回国来和他的弟兄厄忒俄克勒斯争夺王位,结果两弟兄自相残杀而死。克瑞昂以舅父资格继承了王位,他宣布波吕涅刻斯为叛徒,不许人埋葬他的尸首。克瑞昂代表城邦,维持社会秩序,他的禁葬令即是国法,任何人不得违反。安提戈涅遵守神律,尽了亲人必尽的义务,把她的哥哥埋葬了,她所维护的是宗教信仰。所以剧中的冲突是氏族社会遗留下来的宗教信仰与城邦社会的法治权威之间的冲突。在这个冲突中,是不是双方面都对,或只是一方面对呢?

照柏克、黑格尔一派的说法,这是正义与正义之间的冲突,即是说双方面都是对的:安提戈涅尽宗教的义务,求良心

---

① 参看《俄狄浦斯王》第93到131行,543到582行,622到630行。
② 参看《俄狄浦斯王》第319到379行。
③ 参看《俄狄浦斯在科罗诺斯》第678到719行。
④ 参看《安提戈涅》第781到800行。

之所安,是对的;克瑞昂执行国法,保社会的秩序,也是对的。这一派又从"永恒的正义"这一观点出发,认为安提戈涅违反国法,克瑞昂违反神律,所以在"永恒的正义"面前,双方面都有不是之处。①

上面这一派人认为安提戈涅是对的,克瑞昂有不是之处,这是他们的论点的正确部分;但他们又认为克瑞昂也是对的,安提戈涅也有不是之处,这是他们的论点的错误部分。所谓"永恒的正义"是客观唯心主义的"绝对观念"。这一派人对正义先有一个超时代、超阶级的概念,然后用这个尺度去衡量安提戈涅与克瑞昂的行为,而不考虑具体条件和他们所处的环境。显然,黑格尔在这个是非问题上所使用的辩证法是唯心的。在我们看来,正义只能在安提戈涅这方面,不可能同时又在克瑞昂那方面。索福克勒斯的爱憎是很分明的,他对安提戈涅的遭遇寄予莫大的同情,对克瑞昂的专横表示强烈的憎恨。诗人在本剧的结尾上,分明是在谴责克瑞昂不小心谨慎。先知忒瑞西阿斯的话最有力量,他说克瑞昂不应当把"一个属于下界神祇的尸体""扣留在人间"②,这就证明安提戈涅违反禁葬令,埋葬她哥哥波吕涅刻斯是一个正当的行为。歌队对克瑞昂的禁葬令并不热心赞成,克瑞昂的儿子海蒙和全体市民都反对克瑞昂把安提戈涅处死,③这也表明正义是在安提戈涅这方面。此外,克瑞昂在"退场"里表示忏悔,他叹道:"哎呀,这邪恶心灵的罪过啊,这顽固性情的罪过啊,害死人啊!……唉,我这不幸的人已经懂得了,仿佛有一位神在

---

① 参看黑格尔的《美学》第三卷。
② 见《安提戈涅》第1070行。
③ 参看《安提戈涅》第三场。

我头上重重打了一下,把我赶到残忍行为的道路上,哎呀,推翻了,践踏了我的幸福!"①这些话表明克瑞昂承认错误。

是非的中心问题是禁葬令。早在荷马时代就有了这一规定:战役胜利之后,必须让敌方埋葬他们的战士的尸首。马拉松之役胜利后,雅典人把波斯人的尸首埋葬了。阿耳癸努赛(阿吉纽栖)之役(前406年)胜利后,因为风浪过大,无法打捞战士的尸首,雅典人竟把战胜的将领们处死。由此可见公元前五世纪的希腊人依然很重视埋葬的礼仪。这是死者的亲人必尽的义务,因为古希腊人相信,一个人死后,如果没有被埋葬,他的阴魂便不能进入冥土;他们并且相信,露尸不葬,会冒犯神明,殃及城邦。所以,从古希腊人传统的宗教观点来看,克瑞昂的禁葬令不但违反风俗,而且会祸及人民。这一点克瑞昂未加考虑,他以为他是在维护城邦,其实他是在危害城邦。他不是从传统的宗教观点来看问题;相反,他认为波吕涅刻斯是城邦的叛徒,把他露尸于野,以警诫后来的效法者,是维持社会秩序所应采取的手段。他的维持社会秩序的原则是正确的,但是他所采取的手段是错误的。在古希腊时代,对待叛徒的最聪明的办法,是不让他们的尸首埋在国境之内。

在古希腊人看来,神律是不能违反的,当人世的法律和神律抵触时,法律应当被撤销。克瑞昂的禁葬令既然触犯神律,违反风俗,而且会祸及人民,殃及城邦,所以这条口头法令根本不能算作国法,而安提戈涅则成了克瑞昂暴政下的牺牲者。安提戈涅反对克瑞昂的专横措施,所以获得人民的赞成。她的行动反映了人民反抗暴君的意志,而专制君主克瑞昂却是

---

① 见《安提戈涅》第1261到1275行。

在压制人民的意志。既然正义是在安提戈涅这方面,克瑞昂的措施是残暴的行为,那么这剧的历史意义就很明白了,诗人的用意是在借这剧来提倡民主精神,反对僭主专制。诗人反对克瑞昂的残暴行为,也就是反对一切僭主的残暴行为;他肯定安提戈涅的权利,也就是肯定雅典人的权利。这就是《安提戈涅》这剧的进步意义,它反映了伯里克利时代的反僭主的精神。

在是非问题上,我们肯定了安提戈涅,但是安提戈涅维护氏族社会遗留下来的风俗习惯,这又表明她是守旧的。诗人赞成她这样做,这就表明诗人自己也是守旧的。这种守旧精神是伯里克利时代的精神;伯里克利的宗教思想是守旧的,他主张遵守不成文法。

至于本剧中重视人的才智的思想,前面已经谈过了,此处不赘。安提戈涅的反抗精神也反映出伯里克利时代的英雄主义思想。这样看来,《安提戈涅》这剧最能代表当日的风尚。

在这出戏中,克瑞昂是个典型的僭主,具有僭主们所有的特点。他口头上要人民说话,但是当歌队长稍稍责备他的时候,他就不高兴。他性情暴躁,歌队长曾暗示波吕涅刻斯的尸首是神们埋葬的,他听了就说歌队长会使他发怒。他疑心很大,不相信朋友,怀疑忒拜人收买了守兵和先知来反对他,怀疑他儿子海蒙支持安提戈涅。他很固执,不听儿子的劝告和先知的警告。他认为城邦归他个人所有,他把人民视为奴隶,要他们绝对服从。① 他为所欲为,言所欲言,态度十分傲慢。他把城邦的法令摆在神律之上,以自己的意志为城邦的意志。

---

① 参看《安提戈涅》第 477 到 478 行;第 666(自"凡是"起)到 667 行。

他很残暴,一定要置安提戈涅于死地。这一切跟希罗多德所描写的僭主的特点完全相同。安提戈涅勇敢、倔强,有牺牲精神。她爱她的两个哥哥和一个妹妹,但因为妹妹不肯帮忙她埋葬哥哥的尸首,她才对她冷酷。她在克瑞昂面前理直气壮,坚决不屈服;只有当她面向死亡,而克瑞昂又不在她面前的时候,她才软下来,①她的情感起了变化,她的意志却始终没有动摇。海蒙看出他父亲的专横是自取灭亡,所以他主张统治者应当采纳忠言,顺从民意。他很有忍耐力,只要还有一线希望,他总是竭力压住自己的情感,苦劝父亲;直到完全绝望的时候,他遏制得过久的火气才爆发出来,同时动了自杀之念,却又被他父亲误会了,以为要杀他。守兵很幽默,这人物的主要作用不是给这悲惨的戏剧一点轻松气氛,而是嘲笑克瑞昂,以烘托出安提戈涅的勇敢精神。歌队中的长老们本应对克瑞昂尽忠告之责,但因为慑于专制君王的淫威,只好默不作声。他们对安提戈涅的遭遇并不十分同情,当安提戈涅希望得到他们的同情的时候,他们只说她死后声名不朽。他们所关心的是城邦的安全,甚至在惨剧将要发生的时候,他们所关心的仍然是城邦的安全,不是安提戈涅的命运。

《安提戈涅》的布局相当紧凑,克瑞昂的禁葬、安提戈涅的受审、海蒙的劝告、先知的警告一步步引向悲惨的结局。但结构似乎分成了两半,以安提戈涅之死为分界线。有人认为这是一个缺点,但是如果看出克瑞昂在剧中所占的重要地位,这就不是缺点了,因为安提戈涅之死使克瑞昂受到惩罚,证明安提戈涅的行为是对的。这后一半戏是安提戈涅之死的必然

---

① 参看《安提戈涅》第806到882行中的哀歌。

结果,所以这出戏的结构仍然是完整的。我们不应由后人加上的剧名而判断这出戏在结构上有缺点。

《安提戈涅》剧中有许多著名的场面,例如安提戈涅的答辩①,克瑞昂和海蒙的争辩②。剧中对金钱的诅咒一段③也是很著名的,马克思曾在《资本论》中引用过④。

五

《俄狄浦斯王》也是最著名的古希腊悲剧之一。剧中的冲突是人的意志和命运的冲突。俄狄浦斯命中注定会杀父娶母,他竭力逃避这不幸的命运,但终于杀父娶母,受到命运的摧残。有人认为希腊悲剧多数是命运悲剧,其实不然。在索福克勒斯现存的七出悲剧中,只有《俄狄浦斯王》和《特刺喀斯少女》才是命运悲剧。但什么是命运呢?古人所谓命运往往是事物发展的必然趋势。可是我们所说的"必然趋势",是古希腊人所不能认识与理解的,他们把他们所不能解释的一切遭遇统统归之于命运,其实这些遭遇是社会生活中必然发生的事,是合乎事物发展的规律的。⑤

从《俄狄浦斯王》剧中可以看出诗人是相信命运和命运的威力的,但命运问题并没有被提到首要地位,诗人所强调的是人的坚强毅力和积极行动,他认为命运是可以反抗的。

---

① 参看《安提戈涅》第 446 到 523 行。
② 参看《安提戈涅》第 728 到 765 行。
③ 参看《安提戈涅》第 295 到 301 行。
④ 参看《资本论》第一卷第 129 页,人民出版社 1953 年版。
⑤ 参看蔡仪著《现实主义艺术的典型创造》一文,载《文学评论》1959 年第 3 期第 89 页。

有人认为俄狄浦斯之所以遭受苦难,是因为他犯了杀父娶母之罪。这说法是不能成立的。我们首先分析他的性格。他很尊敬神,相信神示。他很爱护人民,他的一切努力都是为人民谋求福利。为了城邦的利益,他坚决要把拉伊俄斯的被杀案追究清楚,即使追究的结果可能于他不利,他也要追究到底。他很正直、诚实、勇敢。尽管他有一些性格上的缺点,但仍不失为一个好国王,至少不是一个暴君,因为他不像《安提戈涅》剧中的克瑞昂那样以个人意志为城邦的意志。他并不独揽大权,而是同伊俄卡斯忒和克瑞昂共同治理城邦。他是没有罪的,因为他杀死拉伊俄斯是出于自卫,当时他并不认识那老人是他父亲。即使按照公元前六二一年雅典立法家德剌孔的"用血写成的"严厉法典来判断,他也是没有罪的,因为他不是蓄意杀人;只不过他既已杀人,手上有了血污,将被放逐罢了。他娶母也是出于不知不觉,所以也是没有罪的,只不过他既已玷污了母亲的床榻,后果应由他担负。他曾叫人给他一把剑,想要自杀,但是他转念一想,认为自己没有罪,所以没有自杀。此外还有一个理由使他不能自杀,即是他无颜在地下见父母。所以他只能弄瞎了眼睛,并请求被放逐。他这种对自己的惩罚,其严厉不下于自杀。这就表明他勇于担负起他应担负的责任。他既已成为瞎子,日后死了,也不至于看见他的父母。我们有一个证据,可以证明他自以为无罪,即是他在《俄狄浦斯在科罗诺斯》第960和967两行中明白地说他没有罪,这就是诗人的见解。诗人从来没有在本剧中提及俄狄浦斯的祖先所受的诅咒,从来没有说他有罪。由此可以得出结论,俄狄浦斯之所以陷入悲惨命运,不是由于他有罪,而是由于他竭力逃避杀父娶母的命运。

俄狄浦斯传说产生于初民社会。这传说包含两个主要事实，即"杀父"与"乱伦"，这两者在初民社会是不足为奇的，因为为了争夺族长或巫王的权力，子杀父，弟杀兄，至亲相仇，血债累累，是初民社会常有的事。在希腊神话中即有许多杀父娶母的故事，例如克洛诺斯杀父而得王位，天娶母（地）为妻，生十二个提坦神。俄狄浦斯传说可能追溯到密刻奈（迈锡尼）初期，拉伊俄斯的悲剧恰好反映出古代忒拜城一连串争夺王位的事迹。弗莱则在《金枝》一书中①说，巫王的继承须经过流血。族长衰老，不能从事生产，子杀父而代之，是合乎初民社会的要求的。因此，我们可以断定，俄狄浦斯杀父一事在那个遥远的时代是具有普遍性的。既然容许子杀父而代之，那么族长或巫王的一切遗产，包括妻子在内，势必落入新王手中。在希腊人由野蛮时代跨进"文明的门限"的时候，俄狄浦斯便成了罪人，于是忒拜人，俄狄浦斯的后裔，出来替他们的先人洗罪，说俄狄浦斯杀父娶母是"不知不觉"做出来的坏事，这样使这传说合理化；但"不知不觉"究竟不是个强有力的辩解，于是，为了替俄狄浦斯完全洗罪，进而把一切归咎于神，归咎于命运。古希腊人就是这样把一切不可理解的事以及人为的过失都归咎于命运，使不可理解的事成为可理解，使不合理的事化为合理。但是，如前面所说，索福克勒斯在颂扬命运的威力的同时，又强调人与命运做斗争，于是俄狄浦斯便成为一个积极行动的人物。

这剧的结构十分复杂、紧凑、完美，在古代被认为是戏剧中的典范。这剧的布局有两条线索。忒拜牧人曾说拉伊俄斯

---

① 参见《金枝》第三编第二章第二节。

死在三岔口,伊俄卡斯忒曾提及拉伊俄斯被杀的时间,他的相貌、年龄和他的侍从人数。这一切已经证明拉伊俄斯是俄狄浦斯杀死的,但是俄狄浦斯还没有想到那人即是他的父亲。这是第一条线索。科任托斯牧人告诉俄狄浦斯说,他并不是科任托斯国王波吕玻斯的儿子,而是他自己捡来的。这是第二条线索。当这两个牧人相遇的时候,这两条线索便交叉在一起,于是真相大白,证据是婴儿(俄狄浦斯)是伊俄卡斯忒交给忒拜牧人的,而杀害拉伊俄斯的凶手的人数则用不着问了。剧情发展得很快,先知的警告,伊俄卡斯忒的劝慰,报信人(科任托斯牧人)的解释,一步紧逼一步,使俄狄浦斯认出他的身世。除报信人突然而来之外,其他事件每一件都是前一件的自然后果。但故事本身有一个"不近情理的情节",即俄狄浦斯做了十多年忒拜国王,却还不知道前王拉伊俄斯被杀的地点与情形。按照亚里士多德的意见,这种情节"如果无法去掉,应当把它摆在剧外"①,索福克勒斯就是这样处理的。许多后来的剧作家,例如罗马的小辛尼加、英国的屈莱顿和李、法国的伏尔泰,都把这个情节摆在剧中,但终于不能自圆其说。

阿里斯托芬的喜剧《蛙》将要上演的时候,索福克勒斯的死耗才传到雅典,所以阿里斯托芬只评定了埃斯库罗斯和欧里庇得斯而来不及在剧中评定索福克勒斯,只是对他表示尊敬,认为他是埃斯库罗斯所占有的悲剧首座权的正当继承者。索福克勒斯的悲剧,特别是《安提戈涅》,在公元前四世纪经常上演。

---

① 见《诗学》第十五章。

古代的批评家一般都认为索福克勒斯是最伟大的悲剧家,但是他们只称赞他的艺术,对于他的政治思想和宗教观念则很少提及。关于亚里士多德对他的批评,前面已经提到一些。亚里士多德还特别称赞《俄狄浦斯王》的布局,称赞这剧中的"发现"同时引起"转变",而这"转变"又是按照可然律或必然律而发生的。① 亚里士多德还说:"情节的布置务求使人只听朗诵,不必看表演,也能因那些情节而发生恐惧与怜悯之情。任何人听见《俄狄浦斯王》剧中的故事,都会发生这两种情感。"② 罗马演说家西塞罗和希腊批评家郎加纳斯把索福克勒斯比作荷马,罗马诗人维吉尔很称赞索福克勒斯的艺术。歌德对索福克勒斯的技巧评价很高,德国批评家莱辛把索福克勒斯看得很高。法国诗人拉辛认为《俄狄浦斯王》是一出完美的悲剧。

索福克勒斯对于后世文学的影响没有埃斯库罗斯和欧里庇得斯的影响大。他的剧本只有《俄狄浦斯王》有人模仿,但这些模仿的剧本大多数都失败了,主要是因为没有能掌握俄狄浦斯的高贵的精神。小辛尼加把俄狄浦斯写成了一个冷静的人物,法国剧作家高乃依把他写成了一个自私的人物。英国诗人屈莱顿和李合写的《俄狄浦斯》简直是一出惊险剧,充满了杀人流血。只有法国作家伏尔泰的《俄狄浦斯》保存了一点古典精神,上演比较成功。直到今天,《安提戈涅》还是人们喜欢阅读的剧本,而《俄狄浦斯王》不时还在欧洲舞台上演出。

罗念生

---

① 参看《诗学》第十一章。
② 见《诗学》第十四章。

安 提 戈 涅

此剧本根据沙克布勒(E. S. Shuckburgh)编订的《索福克勒斯的安提戈涅》简注本(The Antigone of Sophocles, with a Commentary, abridged from the larger edition of Sir Richard C. Jebb, Cambridge, 1935)古希腊文译出,并参考了贝菲尔德(M. A. Bayfield)编订的《索福克勒斯的安提戈涅》(The Antigone of Sophocles, MacMillan, 1902)的注解。

安提戈涅和克瑞昂

  公元前四世纪初瓶画。克瑞昂坐着,手执权杖。安提戈涅站在他面前。一个守兵正在陈述埋葬波吕涅刻斯的事件。安提戈涅态度安详而严肃。她的背后还站着另外一个士兵。

场　次

一　开场(原诗第 1 至 99 行) ………………………… 7
二　进场歌(原诗第 100 至 161 行) ………………… 11
三　第一场(原诗第 162 至 331 行) ………………… 14
四　第一合唱歌(原诗第 332 至 383 行) …………… 20
五　第二场(原诗第 384 至 581 行) ………………… 22
六　第二合唱歌(原诗第 582 至 630 行) …………… 30
七　第三场(原诗第 631 至 780 行) ………………… 32
八　第三合唱歌(原诗第 781 至 805 行) …………… 38
九　第四场(原诗第 806 至 943 行) ………………… 39
一〇　第四合唱歌(原诗第 944 至 987 行) ………… 44
一一　第五场(原诗第 988 至 1114 行) ……………… 46
一二　第五合唱歌(原诗第 1115 至 1154 行) ……… 51
一三　退场(原诗第 1155 至 1353 行) ……………… 53

人 物

(以上场先后为序)

安提戈涅——俄狄浦斯的长女。

伊斯墨涅——俄狄浦斯的次女。

歌队——由忒拜城长老十五人组成。

克瑞昂——忒拜城的王,安提戈涅和伊斯墨涅的舅父。

守兵

仆人数人——克瑞昂的仆人。

海蒙——克瑞昂的儿子,安提戈涅的未婚夫。

忒瑞西阿斯——忒拜城的先知。

童子——忒瑞西阿斯的领路人。

报信人

欧律狄刻——克瑞昂的妻子。

侍女数人——欧律狄刻的侍女。

布 景

忒拜城王宫前院。

时 代

英雄时代。

一 开 场

〔安提戈涅和伊斯墨涅自宫中上。

安提戈涅　啊,伊斯墨涅,我的亲妹妹,你看俄狄浦斯传下来的诅咒中所包含的灾难①,还有哪一件宙斯没有在我们活着的时候使它实现呢?在我们俩的苦难之中,没有一种痛苦、灾祸、羞耻和侮辱我没有亲眼见过。

现在据说我们的将军②刚才向全城的人颁布了一道命令。是什么命令?你听见没有?也许你还不知道敌人应受的灾难正落到我们的朋友们身上?

伊斯墨涅　安提戈涅,自从两个哥哥同一天死在彼此手中,我们姐妹俩失去了他们以后,我还没有听见什么关于我们的朋友们的消息,不论是好是坏;自从昨夜阿耳戈斯军队退走以后,我还不知道自己的命运是好转还是恶化哩。

安提戈涅　我很清楚,所以才把你叫到院门外面,讲给你一个人听。

~~~~~~~~~~

① 指俄狄浦斯家族的灾难。
② 指克瑞昂。

伊斯墨涅　什么?看来正有什么坏消息在烦忧着你。

安提戈涅　克瑞昂不是认为我们的一个哥哥应当享受葬礼,另一个不应当享受吗?据说他已按照公道和习惯把厄忒俄克勒斯埋葬了,使他受到下界鬼魂的尊敬。我还听说克瑞昂已向全体市民宣布:不许人埋葬或哀悼那不幸的死者波吕涅刻斯,使他得不到眼泪和坟墓。他的尸体被猛禽望见的时候,会是块多么美妙的贮藏品,吃起来多么痛快啊!

听说这就是高贵的克瑞昂针对着你和我——特别是针对着我——宣布的命令;他就要到这里来,向那些还不知道的人明白宣布;事情非同小可,谁要是违反禁令,谁就会在大街上被群众用石头砸死。你现在知道了这消息,立刻就得表示你不愧为一个出身高贵的人;要不然,就表示你是个贱人吧。

伊斯墨涅　不幸的姐姐,那么有什么结要我帮着系上,还是解开呢?①

安提戈涅　你愿不愿意同我合作,帮我做这件事?你考虑考虑吧。

伊斯墨涅　冒什么危险吗?你是什么意思?

安提戈涅　你愿不愿意帮助我用这只手把尸首抬起来?

伊斯墨涅　全城的人都不许埋他,你倒要埋他吗?

安提戈涅　我要对哥哥尽我的义务,也是替你尽你的义务,如果你不愿意尽的话;我不愿意人们看见我背弃他。

---

① 此处借用一句谚语,意为:"有什么事要我参与的?"

伊斯墨涅　你这样大胆吗,在克瑞昂颁布禁令以后?

安提戈涅　他没有权力阻止我同我的亲人接近。 48

伊斯墨涅　哎呀!姐姐啊,你想想我们的父亲死得多么不光荣,多么可怕,他发现自己的罪过,亲手刺瞎了眼睛;他的母亲和妻子——两个名称是一个人——也上吊了;最后我们两个哥哥在同一天自相残杀,不幸的人呀,彼此动手,造成了共同的命运。现在只剩下我们俩了,你想想,如果我们触犯法律,反抗国王的命令或权力,就会死得更惨。首先,我们得记住我们生来是女人,斗不过男子;其次,我们处在强者的控制下,只好服从这道命令,甚至更严厉的命令。因此我祈求下界鬼神原谅我,既然受压迫,我只好服从当权的人;不量力是不聪明的。 68

安提戈涅　我再也不求你了,即使你以后愿意帮忙,我也不欢迎。你打算做什么人就做什么人吧,我要埋葬哥哥。即使为此而死,也是件光荣的事;我遵守神圣的天条而犯罪,倒可以同他躺在一起,亲爱的人陪伴着亲爱的人;我将永久得到地下鬼魂的欢心,胜似讨凡人欢喜;因为我将永久躺在那里。至于你,只要你愿意,你就藐视天神所重视的天条吧。 77

伊斯墨涅　我并不藐视天条,只是没有力量和城邦对抗。

安提戈涅　你可以这样推托,我现在要去为我最亲爱的哥哥起个坟墓。

伊斯墨涅　哎呀,不幸的人啊,我真为你担忧!

安提戈涅　不必为我担心,好好安排你自己的命运吧。

伊斯墨涅　无论如何,你得严守秘密,别把这件事告诉任何人,我自己也会保守秘密。

安提戈涅　呸!尽管告发吧!你要是保持缄默,不向大众宣布,那么我就更加恨你。

伊斯墨涅　你是热心去做一件寒心的事。

安提戈涅　可是我知道我可以讨好我最应当讨好的人。

伊斯墨涅　只要你办得到。但你是心有余而力不足。

安提戈涅　我要到力量用尽了才住手。

伊斯墨涅　不可能的事不应当去尝试。

安提戈涅　你这样说,我会恨你,死者也会恨你,这是活该。让我和我的愚蠢担当这可怕的风险吧,充其量是光荣地死。

伊斯墨涅　你要去就去吧。你可以相信,你这一去虽是愚蠢,你的亲人却认为你是可爱的。

〔安提戈涅自观众左方下,伊斯墨涅进宫。

二 进场歌

〔歌队自观众右方进场。

歌　队　（第一曲首节①）阳光啊,照耀着这有七座城门的忒拜的最灿烂的阳光啊,你终于发亮了,金光闪烁的白昼的眼睛啊,你照耀着狄耳刻②的流泉,给那从阿耳戈斯来的全身披挂的白盾战士③带上锐利的嚼铁④,催他快快逃跑。(本节完) 109

歌队长　他们为了波吕涅刻斯的争吵,冲到我们土地上,像尖叫的老鹰在我们上空飞翔,身上披着雪白羽毛⑤,手下带着许多武士,个个头上戴着马鬃盔缨。⑥ 116

~~~~~~~~~~

① 古希腊的合唱歌分若干曲,每曲又分首节、次节与末节(有的合唱歌缺少末节)。每曲首次两节的节奏和拍子相同,但各曲的节奏和拍子彼此不同。末节的节奏和拍子与首次两节的不同,但全歌中各曲末节的节奏和拍子相同。
② 狄耳刻,忒拜王吕科斯抛弃前妻后所娶,她被他的前妻之子用牛拉个半死后抛入水泉。这水泉因她而得名,在忒拜城西。
③ 阿耳戈斯战士用白色盾牌,可能由于"阿耳戈斯"一词改变尖音位置后意为"光辉"。
④ 比喻,意为"强迫"。
⑤ 喻白色盾牌。
⑥ 这七行短短长格的诗,任首节或次节之后,叫"绪斯特玛",由歌队长朗诵。

歌　队　（第一曲次节）他在我们房屋上空把翅膀收敛，举起渴得要吸血的长矛，绕着我们的七座城门把嘴张开；可是在他的嘴还没有吸饮我们的血，赫淮斯托斯的枞脂火炬还没有烧毁我们望楼的楼顶之前，他就退走了。战斗的声音在他背后多么响亮，龙化成的敌手①是难以抵挡的啊。（本节完） 126

歌队长　宙斯十分憎恨夸口的话②，他看见他们一层层潮涌而来，黄金的武器铿铿响，多么猖狂，他就把霹雳火拿在手里一甩，朝着爬到我们城垛上高呼胜利的敌人投去。 133

歌　队　（第二曲首节）那人手里拿着火炬，一翻身就落到有反弹力的地上，他先前在疯狂中猛烈地喷出仇恨的风暴。但是这些恐吓落空了；伟大的阿瑞斯，我们的右边的马③，痛击其余的敌人，给他们各种不同的死伤。（本节完） 140

歌队长　七个城门口七员敌将，七对七，都用铜甲来缴税，献给宙斯，胜负的分配者；那两个不幸的人，同父同母所生，却是例外，他们举着得胜的长矛对刺，双方同归于尽④。 147

歌　队　（第二曲次节）既然大名鼎鼎的尼刻⑤已来到我们这里，向着有战车环绕的忒拜城微笑，我们且忘掉

~~~~~~~~~~

① 指被称为龙的子孙的忒拜人。
② 指攻打忒拜的七雄之一卡帕纽斯夸口说连神都阻挡不住他。下文指卡帕纽斯爬上忒拜城墙却被雷电劈死。
③ 借喻，意为"得力助手"。
④ 指厄忒俄克勒斯和波吕涅刻斯兄弟俩。
⑤ 尼刻，提坦神帕拉斯和斯提克斯之女，胜利女神。

刚才的战争,到各个神殿歌舞通宵,让那位舞起来使
忒拜土地震动的巴克科斯①来领队吧!(本节完) 154

歌队长　且住;因为这地方的国王克瑞昂,墨诺叩斯的儿
子来了,他是这神赐的新机会造成的新王②,他已发
出普遍通知,建议召开临时长老会议,他是在打什么
主意呢? 161

---

① 巴克科斯,酒神狄俄倪索斯的别名。酒神有六十个名字。
② 此处缺两或三个缀音。"王"是补订的。

三　第　一　场

〔克瑞昂自宫中上。

克瑞昂　长老们，我们城邦这只船经过多少波浪颠簸，又由众神使它平安地稳定下来；因此我派使者把你们召来，你们是我从市民中选出来的，我知道得很清楚，你们永远尊重拉伊俄斯的王权；此外，在俄狄浦斯执政时期和他死后，你们始终怀着坚贞的心效忠他们的后人。既然两个王子同一天死于相互造成的命运——彼此残杀，沾染着弟兄的血——我现在就接受了这王位，掌握着所有权力；因为我是死者的至亲。

一个人若是没有执过政，立过法，没有受过这种考验，我们就无法知道他的品德、魄力和智慧。任何一个掌握着全邦大权的人，倘若不坚持最好的政策，由于有所畏惧，把自己的嘴闭起来，我就认为他是最卑鄙不过的人。如果有人把他的朋友放在祖国之上，这种人我瞧不起。至于我自己，请无所不见的宙斯作证，要是我看见任何祸害——不是安乐——逼近了人民，我一定发出警告；我决不把城邦的敌人当作自己的朋友，我知道唯有城邦才能保证我们的安全，要等我们在这只船上平稳航行的时候，才有可能结交朋友。

我要遵守这样的原则，使城邦繁荣幸福。我已向人民宣布了一道合乎这原则的命令，这命令和俄狄浦斯两个儿子有关系：厄忒俄克勒斯作战十分英勇，为城邦牺牲性命，我们要把他埋进坟墓，在上面供奉每一种随着最英勇的死者到下界的祭品①；至于他弟弟，我是说波吕涅刻斯，他是个流亡者，回国来，想要放火把他祖先的都城和本族的神殿烧个精光，想要喝他族人的血，使剩下的人成为奴隶，这家伙，我已向全体市民宣布，不许人埋葬，也不许人哀悼，让他的尸体暴露，给鸟和狗吞食，让大家看见他被作践得血肉模糊！

这就是我的魄力；在我的政令之下，坏人不会比正直的人受人尊敬；但是任何一个对城邦怀好意的人，不论生前死后，都同样受到我的尊敬。

歌队长　啊，克瑞昂，墨诺叩斯的儿子，这样对待城邦的敌人和朋友是很合乎你的意思的；你有权力用任何法令来约束死者和我们这些活着的人。

克瑞昂　那么你们就监督这道命令的执行。

歌队长　请把责任交给比我们年轻的人。

克瑞昂　看守尸首的人已经派好了。

歌队长　你还有什么别的吩咐？

---

① 尤指酒、蜜和水掺和而成的奠品，据说这种奠品能渗入泥土，为下界鬼魂所吮吸。

克瑞昂　你们不得袒护抗命的人。

歌队长　谁也没有这样愚蠢，自寻死路。

克瑞昂　那就是惩罚；但是，常有人为了贪图利益，弄得性命难保。

〔守兵自观众左方上。

守　兵　啊，主上，我不能说我是用轻捷的脚步，跑得连气都喘不过来，因为我的忧虑曾经多少次叫我停下来，转身往回走。我心里发出声音，同我谈了许多话，它说："你真是个可怜的傻瓜，为什么到那里去受罪？你真是胆大，又停下来了吗？倘若克瑞昂从别人那里知道了这件事，你怎能不受惩罚？"我反复思量，这样懒懒地、慢慢地走，一段短路就变长了。最后，我决定到你这里来；尽管我的消息没有什么内容，我还是要讲出来；因为我抱着这样一个希望跑来，那就是除了命中注定的遭遇而外，我不至于受到别的惩罚。

克瑞昂　什么事使你这样丧气？

守　兵　首先，我要向你谈谈我自己：事情不是我做的，我也没有看见做这件事的人，这样受到惩罚，未免太冤枉。

克瑞昂　你既瞄得很准，对于攻击又会四面提防。显然，你有奇怪的消息要报告。

守　兵　是的。一个人带着可怕的消息，心里就害怕。

克瑞昂　还不快把你的话说出来，然后马上给我滚开！

守　兵　那我就告诉你：那尸首刚才有人埋了，他把干沙撒在尸体上，举行了应有的仪式就跑了。

克瑞昂　你说什么？哪一个汉子敢做这件事？

守　兵　我不知道。那地点没有被鹤嘴锄挖掘，泥土也没有被双齿铲翻起来，土地又干又硬，没有破绽，没有被车轮滚过，做这件事的人没有留下一点痕迹。当第一个值日班的看守人指给我们看的时候，大家又称奇，又叫苦。尸体已经盖上了，不是埋下了，而是像被一个避污染的人撒上了一层很细的沙子。也没有野兽或狗咬过他，看不出什么痕迹来。

　　我们随即互相埋怨，守兵质问守兵；我们几乎打起来，也没有人来阻拦。每个人都像是罪犯，可是谁也没有被判明有罪；大家都说不知道这件事。我们准备手举红铁，身穿火焰，凭天神起誓，我们没有做过这件事，也没有参与过这计划和行动。

　　这样追问下去也是枉然，最后，有人提出一个建议，我们大家才战战兢兢地点头同意。因为我们不知道怎么反驳他，也不知道照他的话去做是否走运。

　　他说这件事非告诉你不可，隐瞒不得。大家同意之后，命运罚我这不幸的人中了这个好签。所以我来了，既不愿意，也不受欢迎，这个我很明白，因为谁也不喜欢报告坏消息的人。

歌队长　啊，主上，我考虑了很久，这件事莫非是天神做的？

克瑞昂　趁你的话还没有叫我十分冒火，赶快住嘴吧，免得我发现你又老又糊涂。你这话叫我难以容忍，说什么天神照应这尸首，是不是天神把他当作恩人，特别看重他，把他掩盖起来？他本是回来烧毁他们的有石柱环绕的神殿、祭器和他们的土地的,他本是回来破坏法律的。你几时看见过天神重视坏人?没有那回事。这城里早就有人对我口出怨言,不能忍受这禁令,偷偷摇头,不肯老老实实引颈受轭,服从我的权力。 292

我看得很清楚,这些人是被他们出钱收买来干这勾当的。人间再没有像金钱这样坏的东西到处流通,这东西可以使城邦毁灭,使人们被赶出家乡,把善良的人教坏,使他们走上邪路,做些可耻的事,甚至叫人为非作歹,干出种种罪行。 301

那些被人收买来干这勾当的人迟早要受惩罚。(向守兵)既然我依然崇奉宙斯,你就要好好注意——我凭宙斯发誓告诉你——如果你们找不着那亲手埋葬的人,不把他送到我面前,你们死还不够,我还要先把你们活活吊起来,要你们招供你们的罪行,叫你们知道什么利益是应当得的,日后好去争取,叫你们懂得事事唯利是图是不行的。你会发现不义之财使多数人受害,少数人享福。 314

守　兵　你让我再说两句,还是让我就这样走开?
克瑞昂　难道你还不知道你现在说的话都在刺痛我吗?
守　兵　刺痛了你的耳朵,还是你的心?
克瑞昂　为什么要弄清楚我的痛苦在什么地方?
守　兵　伤了你心的是罪犯,伤了你耳朵的是我。
克瑞昂　呸!显然,你天生是个多嘴的人。
守　兵　也许是;但是我决不是做这件事的人。
克瑞昂　你不但是,而且为了金钱出卖自己灵魂。
守　兵　唉!一个人怀疑而又怀疑错了,太可怕了。

18

克瑞昂　你尽管巧妙地谈论"怀疑"。你若是不把那些罪犯给我找出来,你就得承认肮脏的钱会惹祸。　326

〔克瑞昂进宫。

守　兵　最好是找得到啊！不管捉得到捉不到——都要命运来决定,反正你以后不会看见我再到这里来。这次出乎我的希望和意料之外,居然平安无事,我得深深感谢神明。　331

〔守兵自观众左方下。

四 第一合唱歌

歌　队　（第一曲首节）奇异的事物虽然多,却没有一件比人更奇异。他要在狂暴的南风下渡过灰色的海,在汹涌的波浪间冒险航行;那不朽不倦的大地,最高的女神,他要去搅扰,用马的女儿①耕地,犁头年年来回地犁土。　　　　　　　　　　　　　341

（第一曲次节）他用多网眼的网兜儿捕那快乐的飞鸟、凶猛的走兽和海里游鱼——人真是聪明无比;他用技巧制服了居住在旷野的猛兽,驯服了鬃毛蓬松的马,使它们引颈受轭,他还把不知疲倦的山牛也养驯了。　　　　　　　　　　　　　　　351

（第二曲首节）他学会了怎样运用语言和像风一般快的思想,怎样养成社会生活的习性,怎样在不利于露宿的时候躲避霜箭和雨箭;什么事他都有办法,对未来的事也样样有办法,甚至难以医治的疾病他都能设法避免,只是无法免于死亡。　　　　364

（第二曲次节）在技巧方面他有发明才能,想不到那样高明,这才能有时候使他遭厄运,有时候使他

---

①　指骡子。

遇好运；只要他尊重地方的法令和他凭天神发誓要主持的正义，他的城邦便能耸立起来；如果他胆大妄为，犯了罪行，他就没有城邦了。我不愿这个为非作歹的人在我家做客，不愿我的思想和他的相同。 375

〔安提戈涅由守兵自观众左方押上场。

歌队长　（尾声）这奇异的现象使我吃惊！我认识她——这不是那女孩子安提戈涅吗？

啊，不幸的人，不幸的父亲俄狄浦斯的女儿，这是怎么回事？莫不是在你做什么蠢事的时候，他们捉住你，把你这违背国王命令的人押来了？ 383

五　第　二　场

守　兵　她就是做这件事的人,我们趁她埋葬尸首的时候,把她捉住了。可是克瑞昂在哪里?

〔克瑞昂自宫中上。

歌队长　他又从家里出来了,来得凑巧。

克瑞昂　怎么?出了什么事,说我来得凑巧?

守　兵　啊,主上,谁也不可发誓不做某件事,因为再想一下,往往会发现原先的想法不对。在你的威胁恐吓之下,我原想发誓不急于回到这里来。但是出乎意外的快乐比别的快乐大得多,因此我虽然发誓不来,却还是带着这女子来了,她是在举行葬礼的时候被我们捉住的。这次没有摇签,这运气就归了我,没有归别人。现在,啊,主上,只要你高兴,就把她接过去审问,给她定罪吧;我自己没事了,有权利摆脱这场祸事。

克瑞昂　你说,你带来的女子——是怎样捉住的,在哪里捉住的?

守　兵　她正在埋葬尸首。事情你都知道了。

克瑞昂　你知道你这句话是什么意思?你正确地表达了你的思想吗?

守　兵　我亲眼看见她埋葬那不许埋葬的尸首。我说得够清楚了吗？

克瑞昂　是怎样发现的？怎样当场捉住的？

守　兵　事情是这样的：我们在你的可怕的恐吓之下回到那里，把盖在尸体上的沙子完全拂去，使那黏糊糊的尸首露了出来；我们随即背风坐在山坡上躲着，免得臭味儿从尸首那里飘过来；每个人都忙着用一些责备的话督促他的同伴，怕有人疏忽了他的责任。

这样过了很久，一直守到太阳的灿烂光轮升到了中天，热得像火一样的时候；突然间一阵旋风从地上卷起了沙子，天空阴暗了，这风沙弥漫原野，吹得平地丛林枝断叶落，太空中尽是树叶；我们闭着眼睛忍受着这天灾。

这样过了许久，等风暴停止，我们就发现了这女子，她大声哭喊，像鸟儿看见窝儿空了、雏儿丢了，在悲痛中发出尖锐声音。她也是这样：她看见尸体露了出来就放声大哭，对那些拂去沙子的人发出凶恶的诅咒。她立即捧了些干沙，高高举起一只精制的铜壶奠了三次酒水敬死者。

我们一看见就冲下去，立即把她捉住，她一点也不惊惶。我们谴责她先前和当时的行为，她并不否认，使我同时感觉愉快，又感觉痛苦；因为我自己摆脱了灾难是件极大的乐事，可是把朋友领到灾难中却是件十分痛苦的事。好在朋友的一切事都没有我自身的安全重要。

克瑞昂　你低头望着地，承认不承认这件事是你做的？

安提戈涅　我承认是我做的,并不否认。

克瑞昂　(向守兵)你现在免了重罪,你愿意到哪里就到哪里去吧。

〔守兵自观众右方下。

(向安提戈涅)告诉我——话要简单不要长,你知道不知道有禁葬的命令?

安提戈涅　当然知道,怎么会不知道呢?这是公布了的。

克瑞昂　你真敢违背法令吗?

安提戈涅　我敢,因为向我宣布这法令的不是宙斯,那和下界神祇同住的正义之神也没有为凡人制定这样的法令;我不认为一个凡人下一道命令就能废除天神制定的永恒不变的不成文律条,它的存在不限于今日和昨日,而是永久的,也没有人知道它是什么时候出现的。

　　我不会因为害怕别人皱眉头而违背天条,以致在神面前受到惩罚。我知道我是会死的——怎么会不知道呢?即使你没有颁布那道命令。如果我在应活的岁月之前死去,我认为是件好事;因为像我这样在无穷尽的灾难中过日子的人死了,岂不是得到好处了吗?

　　所以我遭遇这命运并没有什么痛苦。但是,如果我让我哥哥死后不得埋葬,我会痛苦到极点;可是像这样,我倒安心了。如果在你看来我做的是傻事,也许我可以说那说我傻的人倒是傻子。

歌队长　这个女儿天性倔强,是倔强的父亲所生,她不知道向灾难低头。

克瑞昂 （向安提戈涅）可是你要知道，太顽强的意志最容易受挫折；你可以时常看见最顽固的铁经过淬火炼硬之后，被人击成碎块和破片。我并且知道，只消一小块嚼铁就可以使烈马驯服。一个人做了别人的奴隶，就不能自高自大了。

（向歌队长）这女孩子刚才违背那制定的法令的时候，已经很高傲；事后还是这样傲慢不逊，为这事而欢乐，为这行为而喜笑。

要是她获得了胜利，不受惩罚，那么我成了女人，她反而是男子汉了。不管她是我姐姐的女儿，或者比任何一个崇拜我的家神宙斯的人①和我血统更近，她本人和她妹妹都逃不过最悲惨的命运，因为我指控那女子是埋葬尸体的同谋。

把她叫来，我刚才看见她在家。她发了疯，精神失常。那暗中图谋不轨的人的心机往往会预先招供自己有罪。我同时也恨那个做了坏事被人捉住反而想夸耀罪行的人。

安提戈涅 除了把我捉住杀掉之外，你还想进一步做什么呢？

克瑞昂 我不想做什么了，杀掉你就够了。

安提戈涅 那么你为什么拖延时间？你的话没有半句使我喜欢——但愿不会使我喜欢啊！我的话你自然也听不进去。

我除了因为埋葬自己哥哥而得到荣誉之外，还

---

① 意即"自家人"。

能从哪里得到更大的荣誉呢？这些人全都会说他们赞成我的行为,若不是恐惧堵住了他们的嘴。但是不行,因为君王除了享受许多特权之外,还能为所欲为,言所欲言。

克瑞昂　在这些卡德墨亚①当中,只是你才有这种看法。

安提戈涅　他们也有这种看法,只不过因为怕你,他们闭口不说。

克瑞昂　但是,如果你的行动和他们不同,你不觉得可耻吗？

安提戈涅　尊敬一个同母弟兄,并没有什么可耻。

克瑞昂　那对方不也是你的弟兄吗？

安提戈涅　他是我的同母同父弟兄。

克瑞昂　那么你尊敬他的仇人,不就是不尊敬他吗？

安提戈涅　那个死者是不会承认你这句话的。

克瑞昂　他会承认,如果你对他和对那坏人同样地尊敬。

安提戈涅　他不会承认,因为死去的不是他的奴隶,而是他的弟兄。

克瑞昂　他是攻打城邦,而他是保卫城邦。

安提戈涅　可是哈得斯依然要求举行葬礼。

克瑞昂　可是好人不愿意和坏人平等,享受同样的葬礼。

安提戈涅　谁知道下界鬼魂会不会认为这件事是可告无罪的？

克瑞昂　仇人决不会成为朋友,甚至死后也不会。

安提戈涅　可是我的天性不喜欢跟着人恨,而喜欢跟着

---

① 即忒拜人。卡德墨亚是忒拜的卫城。

人爱。

克瑞昂　那么你就到冥土去吧,你要爱就去爱他们。只要我还活着,没有一个女人管得了我。 525

〔伊斯墨涅由二仆人自宫中押上场。

歌队长　看呀,伊斯墨涅出来了,那表示姐妹之爱的眼泪往下滴,那眉宇间的愁云遮住了发红的面容,随即化为雨水,打湿了美丽的双颊。

克瑞昂　你像一条蝮蛇潜伏在我家,偷偷吸取我的血,我竟不知道我养了两个叛徒来推翻我的宝座。喂,告诉我,你是招供参加过这葬礼呢,还是发誓不知情? 535

伊斯墨涅　事情是我做的,只要她不否认。我愿意分担这罪过。

安提戈涅　可是正义不让你分担,因为你既不愿意,我也没有让你参加。

伊斯墨涅　如今你处在祸患中,我同你共渡灾难之海,不觉得羞耻。

安提戈涅　事情是谁做的,哈得斯和下界的死者都是见证,口头上的朋友我不喜欢。

伊斯墨涅　不,姐姐呀,不要拒绝我,让我和你一同死,使死者成为清洁的鬼魂吧。①

安提戈涅　不要和我同死,不要把你没有亲手参加的工作作为你自己的。我一个人死就够了。 547

伊斯墨涅　失掉了你,我的生命还有什么可爱呢?

---

① 死者要经过埋葬才能成为清洁的鬼魂。伊斯墨涅的意思是说,她分担了埋葬之罪而死,就等于她对死者尽了埋葬之礼。

安提戈涅　你问克瑞昂吧,既然你孝顺他。

伊斯墨涅　对你又没有好处,你为什么这样来伤我的心?

安提戈涅　假如我嘲笑了你,我心里也是苦的。

伊斯墨涅　现在我还能给你什么帮助呢?

安提戈涅　救救你自己吧!即使你逃得过这一关,我也不羡慕你。

伊斯墨涅　哎呀呀,我不能分担你的厄运吗?

安提戈涅　你愿意生,我愿意死。

伊斯墨涅　并不是我没有劝告过你。

安提戈涅　在有些人眼里你很聪明,可是在另一些人眼里,聪明的却是我。

伊斯墨涅　可是我们俩同样有罪。

安提戈涅　请放心,你活得成,我却是早已为死者服务而死了。

560

克瑞昂　我认为这两个女孩子有一个刚才变愚蠢了,另一个生来就是愚蠢的。

伊斯墨涅　啊,主上,人倒了霉,甚至天生的理智也难保持,会错乱的。

克瑞昂　你的神志是错乱了,当你宁愿同坏人做坏事的时候。

伊斯墨涅　没有她和我在一起,我一个人怎样活下去?

克瑞昂　别说她还和你在一起,她已经不存在了。

伊斯墨涅　你要杀你儿子的未婚妻吗?

克瑞昂　还有别的土地可以由他耕种。

伊斯墨涅　不会再有这样情投意合的婚姻了。

570

克瑞昂　我不喜欢给我儿子娶个坏女人。

伊斯墨涅　啊,最亲爱的海蒙,你父亲多么藐视你啊!①

克瑞昂　你这人和你所提起的婚姻够使我烦恼了!

歌队长　你真要使你儿子失去他的未婚妻吗?

克瑞昂　死亡会为我破坏这婚姻。　　　　　　575

歌队长　好像她的死刑已经判定了。

克瑞昂　(向歌队长)是你和我判定的。

　　仆人们,别再拖延时间,快把她们押进去!今后她们应当乖乖地做女人,不准随便走动;甚至那些胆大的人,看见死亡逼近的时候,也会逃跑。　　581

〔安提戈涅和伊斯墨涅由二仆人押进宫。

---

① 沙克布勒本认为这句话是安提戈涅说的。

六　第二合唱歌

歌　队　（第一曲首节）没有尝过患难的人是有福的。一个人的家若是被上天推倒，什么灾难都会落到他头上，还会冲向他的世代儿孙，像波浪，在从特剌刻吹来的狂暴海风下，向着海水的深暗处冲去，把黑色泥沙从海底卷起来，那海角被风吹浪打，发出悲惨的声音。

（第一曲次节）从拉布达科斯的儿孙①家中的死者那里来的灾难是很古老的，我看见它们一个落到一个上面，没有一代人救得起一代人，是一位神在打击他们，这个家简直无法挽救。如今啊，俄狄浦斯家中剩下的根苗上发出的希望之光，又被下界神祇的砍刀——言语上的愚蠢，心里的疯狂——斩断了。②

（第二曲首节）啊，宙斯，哪一个凡人能侵犯你，能阻挠你的权力？这权力即使是追捕众生的睡眠或众神所安排的不倦的岁月也不能压制；你这位时光催不老的主宰住在俄林波斯山③上灿烂的光里。在

---
① 拉布达科斯是拉伊俄斯的父亲、俄狄浦斯的祖父。
② 指下界神祇使安提戈涅心中发狂，说出愚蠢的话。
③ 俄林波斯山，希腊北部的高山，为众神的住处。

最近和遥远的将来,正像在过去一样,这规律一定生效:人们的过度行为会引起灾祸。 614

（第二曲次节）那飘飘然的希望对许多人虽然有益,但是对许多别的人却是骗局,他们是被轻浮的欲望欺骗了,等烈火烧着脚的时候,他们才知道是受了骗。① 是谁很聪明地说了句有名的话:一个人的心一旦被天神引上迷途,他迟早会把坏事当作好事;只不过暂时还没有灾难罢了。（本节完） 625

歌队长　（尾声）看呀,你最小的儿子海蒙来了。他是不是为他未婚妻安提戈涅的命运而悲痛,是不是因为对他的婚姻感觉失望而伤心到了极点？ 630

---

① 以在炭灰上行走的人比喻被欲望所骗者。

七 第三场

〔海蒙自观众右方上。

克瑞昂 （向歌队长）我们很快就会知道,比先知知道得还清楚。

啊,孩儿,莫非你是听见了对你未婚妻的最后判决,来同父亲赌气的吗? 还是不论我怎么办,你都支持我?

海　蒙 啊,父亲,我是你的孩子;你有好见解,凡是你给我划出的规矩,我都遵循。我不会把我的婚姻看得比你的善良教导更重。

638

克瑞昂 啊,孩儿,你应当记住这句话:凡事听从父亲劝告。做父亲的总希望家里养出孝顺儿子,向父亲的仇人报仇,向父亲的朋友致敬,像父亲那样尊敬他的朋友。那些养了无用的儿子的人,你会说他们生了什么呢? 只不过给自己添了苦恼,给仇人添了笑料罢了。啊,孩儿,不要贪图快乐,为一个女人而抛弃了你的理智;要知道一个和你同居的坏女人会在你怀抱中成为冷冰冰的东西。还有什么烂疮比不忠实的朋友更有害呢? 你应当憎恨这女子,把她当作仇人,让她到冥土嫁给别人。既然我把她当场捉住——全城只有她一个人公开反抗,我不能欺骗人民,一定得把她处死。

让她向氏族之神宙斯呼吁吧。若是我把生来是我亲戚的人养成叛徒,那么我更会把外族的人也养成叛徒。只有善于治家的人才能成为城邦的正直领袖。若是有人犯罪,违反法令,或者想对当权的人发号施令,他就得不到我的称赞。凡是城邦所任命的人,人们必须对他事事顺从,不管事情大小,公正不公正;我相信这种人不仅是好百姓,而且可以成为好领袖,会在战争的风暴中守着自己的岗位,成为一个既忠诚又勇敢的战友。 671

背叛是最大的祸害,它使城邦遭受毁灭,使家庭遭受破坏,使并肩作战的兵士败下阵来。只有服从才能挽救多数正直的人的性命。所以我们必须维持秩序,决不可对一个女人让步。如果我们一定会被人赶走,最好是被男人赶走,免得别人说我们连女人都不如。 680

歌队长 在我们看来,你的话好像说得很对,除非我们老糊涂了。 682

海　蒙 啊,父亲,天神把理智赋予凡人,这是一切财宝中最有价值的财宝。我不能说,也不愿意说,你的话说得不对;可是别人也可能有好的意见。因此我为你观察市民所作所为,所说所非难,这是我应尽的本分。人家害怕你皱眉头,不敢说你不乐意听的话;我倒能背地里听见那些话,听见市民为这女子而悲叹,他们说:"她做了最光荣的事,在所有的女人中,只有她最不应当这样最悲惨地死去! 当她哥哥躺在血泊里没有埋葬的时候,她不让他被吃生肉的狗或猛禽吞食。她这人还不该享受黄金似的光荣吗?"这就是那些悄悄传播的秘密话。

啊,父亲,没有一种财宝在我看来比你的幸福更可贵。真的,对于儿女,幸福的父亲的名誉不是最大的光荣吗? 对于父亲,儿女的名誉不也是一样吗? 你不要老抱着这唯一的想法,认为只有你的话对,别人的话不对。因为尽管有人认为只有自己聪明,只有自己说得对,想得对,别人都不行,可是把他们揭开来一看,里面全是空的。

一个人即使很聪明,再懂得许多别的道理,放弃自己的成见,也不算可耻啊。试看那洪水边的树木怎样低头,保全了枝儿;至于那些抗拒的树木却连根带枝都毁了。把船上的帆脚索拉紧不肯放松的人,把船也弄翻了,到后来,桨手们的凳子翻过来底朝天,船就那样航行。

请你息怒,放温和一点吧! 如果我,一个很年轻的人,也能贡献什么意见的话,我就说一个人最好天然赋有绝顶的聪明;要不然——因为往往不是那么回事——就听聪明的劝告也是好的啊。

歌队长　啊,主上,如果他说得很中肯,你就应当听他的话。(向海蒙)你也应当听你父亲的话,因为双方都说得有理。

克瑞昂　我们这么大年纪,还由他这年轻人来教我们变聪明一点吗?

海　蒙　不是教你做不正当的事。尽管我年轻,你也应当注意我的行为,不应当只注意我的年龄。
克瑞昂　你尊重犯法的人,那也算好的行为吗?
海　蒙　我并不劝人尊重坏人。
克瑞昂　这女子不是害了坏人的传染病吗?
海　蒙　忒拜全城的人都否认。
克瑞昂　难道市民要干涉我的行政吗?
海　蒙　你看你说这话,不就像个很年轻的人吗? 735
克瑞昂　难道我应当按照别人的意思,而不按照自己的意思治理这国土吗?
海　蒙　只属于一个人的城邦不算城邦。
克瑞昂　难道城邦不归统治者所有吗?
海　蒙　你可以独自在沙漠中做个好国王。
克瑞昂　这孩子好像成为那女人的盟友了。
海　蒙　不,除非你就是那女人。实际上,我所关心的是你。
克瑞昂　坏透了的东西,你竟和父亲争吵起来了!
海　蒙　只因为我看见你犯了过错,做事不公正。
克瑞昂　我尊重我的王权也算犯了过错吗?
海　蒙　你践踏了众神的权利,就算不尊重你的王权。 745
克瑞昂　啊,下贱东西,你是那女人的追随者。
海　蒙　可是你绝不会发现我是可耻的人。
克瑞昂　你这些话都是为了她的利益而说的。
海　蒙　是为了你我和下界神祇的利益而说的。
克瑞昂　你决不能趁她还活着的时候,同她结婚。
海　蒙　那么她是死定了,可是她这一死,会害死另一个人。

克瑞昂　你胆敢恐吓我吗?

海　蒙　我反对你这不聪明的决定,算得什么恐吓呢?

克瑞昂　你自己不聪明,反来教训我,你要后悔的。

海　蒙　你是我父亲,我不能说你不聪明。

克瑞昂　你是伺候女子的人,不必奉承我。

海　蒙　你只是想说,不想听啊。

克瑞昂　真的吗?我凭俄林波斯起誓,你不能净骂我而不受惩罚。

　　　　(向二仆人)快把那可恨的东西押出来,让她立刻当着她未婚夫,死在他的面前,他的身旁。

海　蒙　不,别以为她会死在我的身旁;你再也不能亲眼看见我的脸面了,只好向那些愿意忍受的朋友发你的脾气!

〔海蒙自观众右方下。

歌队长　啊,主上,这人气冲冲地走了,他这样年轻的人受了刺激,是很凶恶的。

克瑞昂　随便他怎么样,随便他想做什么凡人所没有做过的事。总之,他绝不能使这两个女孩子免于死亡。

歌队长　你要把她们姐妹都处死吗?

克瑞昂　这句话问得好,那没有参加这罪行的人不被处死。

歌队长　你想把那另一个怎样处死呢?

克瑞昂　我要把她带到没有人迹的地方,把她活活关在石窟①里,给她一点点吃食,只够我们赎罪之用,使

---

① 指忒拜城北平原边上为王室或贵族预选掘就的坟墓。

整个城邦避免污染。① 她在那里可以祈求哈得斯，她所崇奉的唯一的神明，不至于死去；但也许到那时候，虽然为时已晚，她会知道，向死者致敬是白费功夫。

〔克瑞昂进宫。

---

① 指让安提戈涅慢慢死去，像是自然死亡，这样，克瑞昂就不会负杀亲属的罪名而惹怒众神，降祸于他及城邦。

八　第三合唱歌

歌　　队　（首节）厄洛斯①啊,你从没有吃过败仗,厄洛斯啊,你浪费了多少钱财,你在少女温柔的脸上守夜,你飘过大海,飘到荒野人家;没有一位天神,也没有一个朝生暮死的凡人躲得过你;谁碰上你,谁就会疯狂。　　　　　　　　　　　　　　　　　　　　790

　　　　　（次节）你把正直的人的心引到不正直的路上,使他们遭受毁灭;这亲属间的争吵是你挑起来的,那美丽的新娘眼中发出的鲜明热情获得了胜利。厄洛斯啊,连那些伟大的神律都被你压倒了,②那不可抵抗的女神阿佛洛狄忒也在嘲笑神律。（本节完）　　800

歌队长　（尾声）我现在看见这现象,自己也越出了法律的范围;我看见安提戈涅去到那使众生安息的新房③,再也禁不住我的眼泪往下流。　　　　805

---

① 厄洛斯,小爱神,司爱与美的女神阿佛洛狄忒的儿子。
② 此句抄本大意是:"这热情当权,坐在伟大的神律旁边。"译文据贝菲尔德的改订。句中"神律"指爱国与孝敬父母。
③ 指墓穴。

九 第 四 场

〔安提戈涅由二仆人自宫中押上场。

安提戈涅 （哀歌第一曲首节）啊，祖国的市民们，请看我踏上这最后的路程，这是我最后一次看看太阳光，从今以后再也看不见了。那使众生安息的哈得斯把我活生生带到阿克戎河岸上，我还没有享受过迎亲歌，也没有人为我唱过洞房歌，就这样嫁给冥河之神。（本节完）

歌队长 不，你这样去到死者的地下是很光荣，很受人称赞的；那使人消瘦的疾病没有伤害你，刀剑的杀戮也没有轮到你身上；这人间就只有你一个人由你自己做主，活着到冥间。

安提戈涅 （第一曲次节）可是我曾听说坦塔洛斯的女儿，那佛律癸亚客人，在西皮洛斯岭上也死得很凄惨，①那石头像缠绕的常春藤似的把她包围；雨和雪，像人们所说的，不断地落到她消瘦的身上，泪珠

---

① 坦塔洛斯是小亚细亚佛律癸亚的西皮洛斯山中的国王。他的女儿尼俄柏嫁给忒拜王安菲昂，生了十四个儿女。她嘲笑只有一子一女的勒托，勒托让其子女阿波罗和阿耳忒弥斯射死尼俄柏的子女，她悲伤过度化为石头。

从她泪汪汪的眼里滴下来,打湿了她的胸脯。天神这次催我入睡,这情形和她的相似。(本节完)

歌队长　但是她是神,是神所生;①我们却是人,是人所生。好在你死后,人们会说你生前和死时都与天神同命,那也是莫大的光荣!

安提戈涅　(第二曲首节)哎呀,你是在讥笑我!凭我祖先的神明,请你告诉我,你为什么不等我不在了再说,却要趁我还活着的时候挖苦我?城邦呀,城邦里富贵的人呀,狄耳刻水泉呀,有美好战车的忒拜的圣林呀,请你们证明我没有朋友哀悼,证明我受了什么法律处分,去到那石牢,我的奇怪的坟墓里。哎呀,我既不是住在人世,也不是住在冥间,既不是同活人在一起,也不是同死者在一起。(本节完)

歌队长　孩儿呀,你到了鲁莽的极端,猛撞着法律的最高宝座,倒在地上,这样赎你祖先传下来的罪孽。

安提戈涅　(第二曲次节)你使我多么愁苦,你唤醒了我为我父亲,为我们这些闻名的拉布达科斯的儿孙的厄运而时常发出的悲叹。我母亲的婚姻所引起的灾难呀!我那不幸的母亲和她亲生儿子的结合呀!我的父亲呀!我这不幸的人是什么样的父母生的呀!我如今被人诅咒,还没有结婚就到他们那里居住。哥哥②呀,你的婚姻也很不幸,你这一死害死了你这还活着的妹妹。(本节完)

~~~~~~~~~~

① 尼俄柏的父亲坦塔洛斯是宙斯之子,母亲塔宇革忒是提坦神伊阿帕托斯的孙女。
② 指波吕涅刻斯。他娶阿耳戈斯王阿德剌斯托斯之女阿耳革亚为妻。

歌队长　虔敬的行为虽然算是虔敬,但是权力,在当权的人看来,是不容冒犯的。这是你倔强的性格害了你。

安提戈涅　(第二曲末节)没有哀乐,没有朋友,没有婚歌,我将不幸地走上眼前的道路。我再也看不见太阳的神圣光辉,我的命运没有人哀悼,也没有朋友怜惜。882

〔克瑞昂偕众仆人自宫中上。

克瑞昂　(向众仆人)如果哭哭唱唱有什么好处,一个人临死前决不会停止他的悲叹和歌声——难道你们连这个都不知道?还不快快把她带走?你们按照我的吩咐把她关在那拱形坟墓里之后,就扔下她孤孤单单,随便她想死,或者在那样的家里过坟墓生活。不管怎么样,我们在这女子的事情上是没有罪的。总之,她在世上居住的权利是被剥夺了。890

安提戈涅　坟墓呀,新房呀,那将永久关住我的石窟呀!我就要到那里去找我的亲人,他们许多人早已死了,被珀耳塞福涅①接到死人那里去了,我是最后一个,命运也最悲惨,在我的寿命未尽之前就要下去。很希望我这次前去,受我父亲欢迎,母亲呀,受你欢迎,哥哥呀,也受你欢迎;你们死后,我曾亲手给你们净洗装扮,曾在你们坟前奠下酒水;波吕涅刻斯呀,只因为埋葬你的尸首,我现在受到这样的惩罚。903

〔可是,在聪明人看来,我这样尊敬你是很对的。如果是我自己的孩子死了,或者我丈夫死了,尸

---

① 珀耳塞福涅,宙斯和得墨忒耳之女,冥王哈得斯之妻。

首腐烂了,我也不至于和城邦对抗①,做这件事。我根据什么原则这样说呢?丈夫死了,我可以再找一个;孩子丢了,我可以靠别的男人再生一个;但如今,我的父母已埋葬在地下,再也不能有一个弟弟生出来。 912

〔我就是根据这个原则向你致敬礼。可是,哥哥呀,克瑞昂却认为我犯了罪,胆敢做出可怕的事。他现在捉住我,要把我带走,我还没有听过婚歌,没有上过新床,没有享受过婚姻的幸福或养育儿女的快乐;我这样孤孤单单,无亲无友,多么不幸呀,人还活着就到死者的石窟中去。〕 920

我究竟犯了哪一条神律呢……②我这不幸的人为什么要仰仗神明?为什么要求神保佑,既然我这虔敬的行为得到了不虔敬之名?即使在众神看来,这死罪是应得的,我也要死后才认罪;③如果他们是有罪的,愿他们所吃的苦头相当于他们加在我身上的不公正的惩罚。 928

歌队长　那同一个风暴依然在她心里呼啸。

克瑞昂　那些押送她的人办事太缓慢,他们要后悔的。

安提戈涅　哎呀,这句话表示死期到了。

---

① 有的校订者认为,安提戈涅认为自己在反抗克瑞昂而不是城邦,因此怀疑第904至920行一段系伪作。少数校订者则持异议,因为亚里士多德在《修辞学》中引用过第911和912行。
② 有的校订者认为,抄本上由于加了上面这一段,此处被删去若干行。
③ 意即"我在世时决不认罪",或解作"等我死后我才会知错"。

克瑞昂　我不能鼓励你,使你相信这判决不是这样批准的。①

安提戈涅　忒拜境内我先人的都城呀,众神明,我的祖先②呀,他们要把我带走,再也不拖延了!忒拜长老们呀,请看你们王室剩下的唯一后裔③,请看我因为重视虔敬的行为,在什么人手中受到什么样的迫害啊!

〔安提戈涅由二仆人自观众左方押下场。

---

① 此话的意思是:"他催促着押走安提戈涅,等于他批准了她的死刑。"
② 指忒拜城建立者卡德摩斯之妻哈耳摩尼亚的父母战神阿瑞斯和阿佛洛狄忒,卡德摩斯之女塞墨勒和宙斯所生的儿子酒神狄俄倪索斯。
③ 安提戈涅认为她妹妹伊斯墨涅已经放弃了作为王室成员的权利。

一〇　第四合唱歌

歌　队　（第一曲首节）那美丽的达娜厄①也是在铜屋里看不见天光，她在那坟墓似的屋子里被人囚禁；可是，孩儿呀孩儿，她的出身是高贵的，②她给宙斯生了个儿子，是金雨化生的。命运的威力真可怕，不是金钱所能收买，武力所能克服，城墙所能阻挡，破浪的黑船所能躲避的。

954

（第一曲次节）德律阿斯的暴躁的儿子，厄多涅斯人的国王③，也因为生气辱骂狄俄倪索斯，被他下令囚在石牢里，他是这样被压服的。等他那可怕的猛烈的疯狂气焰逐渐平息之后，他才知道他在疯狂中辱骂的是一位神。他曾企图阻止那些受了神的灵感的妇女和她们高呼"欧嗨"④时挥舞的火炬，并且

---

① 达娜厄，阿耳戈斯王阿克里西俄斯之女。神示其将死在其子手中，故被其父囚于铜屋内。宙斯化作金雨同她结合，生子珀耳修斯。珀耳修斯长大后，掷铁饼误伤其外祖父致死。
② 达娜厄的远祖是海神波塞冬。
③ 指吕枯戈斯，他得罪酒神狄俄倪索斯，遭报复，使他于疯狂中用斧头杀其子。天降瘟疫于城邦，神示处死国王方可消灾。厄多涅斯人只得把他囚禁在潘该俄斯山中的石洞里。
④ "欧嗨"，女信徒对酒神的欢呼语。

激怒了那些爱好箫管的文艺女神①。 965

（第二曲首节）那双海②的蓝色水边的牛津岸旁是特剌刻的萨尔密得索斯城③……；阿瑞斯，那都城的邻居④，曾在那里看见菲纽斯⑤两个儿子所受的发出诅咒的创伤，他们被他那凶狠的次妻弄瞎了眼睛：她用血污的手，用梭尖刺破了要求报复的眼珠；那创伤使他们看不见阳光。 976

（第二曲次节）这两个可怜的孩子被关瘦了，他们悲叹他们所受的可怜的痛苦；他们是出嫁后不幸的母亲所生，这母亲的世系可以追溯到厄瑞克透斯的古老家族，⑥她是在那遥远的洞穴里养大的，同她父亲的风暴在一起，玻瑞阿斯这孩子，神的女儿，她同姐妹们飞上那峻峭的山岭；可是，孩儿呀，她也受到那三位古老的命运女神的打击。 987

---

① 指天文女神、历史女神和手执箫管的抒情诗女神。她们是宙斯和记忆女神之女。
② "双海"指黑海和普罗蓬提斯海（今马尔马拉海）。
③ 萨尔密得索斯城，距牛津约八十公里。"城"字后缺三个缀音。
④ 战神阿瑞斯住在特剌刻。
⑤ 菲纽斯，萨尔密得索斯城的王。他先娶雅典王厄瑞克透斯的外孙女克勒俄帕特拉，生二子。他囚禁妻子，另娶忒拜王卡德摩斯的姐妹厄多忒亚。她弄瞎克勒俄帕特拉所生两个孩子的眼睛，他们眼中的创伤向厄多忒亚发出诅咒。
⑥ 克勒俄帕特拉的外祖父是厄瑞克透斯，她的父母是北风神玻瑞阿斯和俄瑞提伊亚，她和她的姐妹被称为"风暴"，都有翅膀。

一一 第 五 场

〔忒瑞西阿斯由童子带领,自观众右方上。

忒瑞西阿斯　啊,忒拜长老们,我们一路走来,两个人靠一双眼睛看路;因为要有人带领,瞎子才能行走。

克瑞昂　啊,年高的忒瑞西阿斯,有什么消息见告?

忒瑞西阿斯　我就告诉你;你必须听先知的话。

克瑞昂　我先前并没有违背过你的意思。

忒瑞西阿斯　因此那时候你平稳地驾驭着这城邦。

克瑞昂　我能够证实我曾经得过你的帮助。

忒瑞西阿斯　要当心,你现在又处在厄运的刀口上了。

克瑞昂　你是什么意思?我听了你的话吓得发抖!

忒瑞西阿斯　你听了我的法术所发现的预兆,就会明白。我一坐上那古老的占卜座位——那是各种飞鸟聚集的地方——就听见鸟儿的难以理解的叫声,听见它们发出不祥的愤怒声,奇怪的叫噪;我知道它们是在凶恶地用脚爪互抓;听它们鼓翼的声音就明白了。

我因此害怕起来,立即在火焰高烧的祭坛上试试燔祭①;可是祭肉并没有燃烧,从脾肉里流出的液汁滴在火炭上,冒冒烟就爆炸了,胆汁溅入空中,那滴油的大腿骨露了出来,那罩在上面的网油已经融化。 1011

这祭礼没有显示出什么预兆,我靠它来占卜,就是这样失败了。告诉我这件事的是这个孩子,他指示我,就像我指示别人一样。因为你的意见不对,城邦才有了污染。我们的祭坛和炉灶②全都被猛禽和狗子用它们从俄狄浦斯儿子可怜的尸体上撕下来的肉弄脏了;因此众神不肯从我们这里接受献祭的祈祷和大腿骨上发出的火焰;连鸟儿也不肯发出表示吉兆的叫声,因为它们吞食了被杀者的血肉。 1022

孩子,你想想看,过错人人都有,一个人即使犯了过错,只要能痛改前非,不再固执,这种人就不失为聪明而有福的人。 1027

顽固的性情会招惹愚蠢的恶名。你对死者让步吧,不要刺杀那已经被杀死的人。再杀那个死者算得什么英勇呢?我对你怀着好意,为你好而劝告你;假使忠言有益,听信忠言是件极大的乐事。 1032

克瑞昂　老头儿,你们全体③向着我射来,像弓箭手射靶子一样;我并不是没有被你们的预言术陷害过,而是

---

① 燔祭,即焚肉献祭。常用带一点肉的牛羊大腿骨,裹上网油,堆上内脏和胆囊。网油着火,肉就燃烧。由火的形状和颜色预卜凶吉。火焰清明是吉兆;只冒烟或火焰不旺,未把肉烧化,是凶兆。
② 祭坛作公共献祭之用,炉灶作家庭献祭之用。
③ 包括歌队在内。

47

早就被一族预言者贩卖,装上货船。① 你们尽管赚钱吧,只要你们愿意,你们就去贩卖萨耳得斯白金②、印度黄金;但是你们不能把那人埋进坟墓;不,即使宙斯的鹰把那人的肉抓着带到他的宝座上,不,即使那样,我也决不因为害怕污染,就允许你们埋葬;因为我知道,没有一个凡人能使天神受到污染。啊,老头儿忒瑞西阿斯,即使是最聪明的人,只要他们为了贪图利益,说出一些漂亮而又可耻的话来,也会很可耻地摔倒。 1047

忒瑞西阿斯　唉!有谁知道,有谁考虑过——
克瑞昂　什么?你要发表什么老生常谈?
忒瑞西阿斯　谨慎比财富贵重多少?
克瑞昂　我认为像愚蠢一样,是最有害的东西。
忒瑞西阿斯　你正是害了愚蠢的传染病。
克瑞昂　我不愿意回骂先知。
忒瑞西阿斯　可是你已经骂了,说我的预言是骗人的。
克瑞昂　你们那一族预言者都爱钱财。 1055
忒瑞西阿斯　暴君所生的一族人却爱卑鄙的利益。
克瑞昂　你知道不知道你是在对国王说话?
忒瑞西阿斯　我知道;因为你是靠了我才挽救了这城邦,做了国王。
克瑞昂　你是个聪明的先知,只是爱做不正派的事。

---

① 忒拜人曾收买先知来吓唬他,把他像货物一样运到船上的买主手里。
② 萨耳得斯,小亚细亚的吕底亚王国的都城。"白金"指一种一成银四成金的合金。

忒瑞西阿斯　你会使我说出我藏在心里的秘密。

克瑞昂　尽管说出来吧,只要不是为利益而说话。

忒瑞西阿斯　我也不为你的利益而说话。

克瑞昂　我告诉你,你不能拿我的决心去卖钱。 1063

忒瑞西阿斯　我告诉你,你看不见多少天太阳的迅速奔驰了,在这些日子之内,你将拿你的亲生儿子作为赔偿,拿尸首赔偿尸首;因为你曾把一个世上的人扔到下界,用卑鄙办法,使一个活着的人住在坟墓里,还因为你曾把一个属于下界神祇的尸体,一个没有埋葬,没有祭奠,完全不洁净的尸体扣留在人间。这件事你不能干涉,上界的神明也不能过问;你这样做,反而冒犯他们。① 为此,冥王和众神手下的报仇神们,那三位迟迟而来的毁灭之神,正在暗中等你,要把你陷在同样的灾难中。 1076

你想想,我是不是因为受了贿赂而这样说。等不了多久,你家里就会发出男男女女的哭声,所有的邻邦都会由于恨你而激动起来,因为它们战士的破碎尸体被狗子、野兽或飞鸟埋进肚子了,那些鸟儿还把不洁净的臭气带到他们城邦里的炉灶上。 1083

既然你刺激我,我就像一个弓箭手愤怒地向你的心射出这样的箭,你一定逃不了箭伤啊!

孩子,带我回家吧。让他向比我年轻的人发泄他的怒气,让他懂得怎样使他的舌头变温和一点,怎样使他胸中有一颗比他现在所有的更好的心。 1090

---

① 上界的神明喜欢洁净,暴露的死尸会引起他们的憎恶。

〔忒瑞西阿斯由童子带领,自观众右方下。

歌队长　啊,主上,这人说了些可怕的预言就走了。自从我的头发由黑变白以来,我一直知道他从来没有对城邦说过一句假话。

克瑞昂　这一点我也清楚,所以心里乱得很。要我让步自然是为难,可是再同命运对抗,使我的精神因为闯祸而受到打击,也是件可怕的事啊!

歌队长　啊,墨诺叩斯的儿子,你应当采纳我的忠告。

克瑞昂　我应当怎样办呢?你说呀,我一定听从。

歌队长　快去把那女孩子从石窟里放出来,还给那暴露的尸体起个坟墓。 1101

克瑞昂　你是这样劝我吗?你认为我应当让步吗?

歌队长　啊,主上,尽量快些;因为众神的迅速的报应会追上坏人。

克瑞昂　哎呀,多么为难啊!可是我仍然得回心转意——我答应让步。我们不能和命运对抗。

歌队长　你亲自去做这些事吧,不要委托别人。

克瑞昂　我这就去。喂,喂,全体仆人啊,快拿着斧头赶到那遥遥在望的地方!既然我回心转意,我亲自把她捆起来,就得亲自把她释放。我现在相信,一个人最好是一生遵守众神制定的律条。 1114

〔克瑞昂偕众仆人自观众左方急下。

一二　第五合唱歌

歌　队　（第一曲首节）啊，你这位多名的神①卡德墨亚新娘的掌上明珠，鸣雷掣电的宙斯的儿子，你保护着闻名的意大利②，保护着厄琉西斯女神得俄③的欢迎客人的盆地。啊，巴克科斯，你住在忒拜城——你的女信徒的祖国，住在伊斯墨诺斯流水旁边，曾经种过毒龙的牙齿的土地上。　　　　　　　　　　1125

（第一曲次节）那双峰上闪耀的火光时常照着你，科律喀斯的神女们，你的女信徒，在那里游行；卡斯塔利亚水泉也时常看见你的形影。④你来自长满常春藤的倪萨⑤山岭，来自遍地葡萄的绿色海边，神圣的歌声"欧嗬"把你送到忒拜城。　　　　　　1136

（第二曲首节）在一切城邦中，你最喜爱忒拜，

---

① 指酒神狄俄倪索斯。他有六十个名字。这里称呼他"巴克科斯"。
② 指意大利南部，那里盛产葡萄，是酒神的圣地。
③ 得俄，即地母得墨忒耳。厄琉西斯在阿提卡西部，是敬奉得墨忒耳的圣地。这一句讲，酒神和崇拜他的妇女曾到亚细亚流浪，后又返回忒拜。
④ 这一段讲酒神崇拜传到阿波罗的圣地德尔斐。德尔斐有朝南的一片悬崖，岩壁上半部分成两个山峰，两峰之间有卡斯塔利亚水泉。两峰附近有高原，科律喀斯山洞在高原上，距德尔斐十公里。
⑤ 倪萨，大概指欧玻亚岛上的倪萨，该岛在阿提卡东北。

51

你的遭了霹雳的母亲也是这样;如今啊,既然全城的人都处在大难之中,请你举起脚步越过帕耳那索斯山①,或波涛怒吼的海峡②前来清除污染啊!

1145

(第二曲次节)喷火的星宿③的领队啊,彻夜歌声的指挥者啊,宙斯的儿子,我的主啊,快带着提伊亚④,你的伴侣,出现呀!她们总是在你面前,在你伊阿科斯⑤,快乐的赐予者面前,通宵发狂,载歌载舞。

1154

---

① 帕耳那索斯山,在德尔斐。
② 指欧玻亚海峡。
③ 可能指火炬,或解作天上的星宿。
④ 提伊亚,卡斯塔利俄斯之女,首先崇拜酒神。后来从雅典前往帕耳那索斯山崇拜酒神的雅典妇女也被叫作"提伊亚"。
⑤ 伊阿科斯,酒神的别名。

一三 退 场

〔报信人自观众左方上。

报信人 卡德摩斯和安菲昂①宫旁的邻居啊,人的生活不管哪一种,我都不能赞美它或咒骂它是固定不变的,因为运气时常抬举,又时常压制那些幸福的和不幸的人,没有人能向人们预言生活的现状能维持多久。克瑞昂,在我看来,曾经享受一时的幸福,他击退了敌人,拯救了卡德摩斯的国土,取得了这地方最高的权力,归他掌握,他并且有福气生出一些高贵的儿子,但如今全都失去了。一个人若是由于自己的过失而断送了他的快乐,我就认为他不再是个活着的人,而是个还有气息的尸首。只要你高兴,尽管在家里累积财富,摆着国王的排场生活下去,但是,如果其中没有快乐可以享受,我就不愿意用烟子下面的阴凉②向你交换那种富贵生活,那和快乐生活比起来太没有价值了。

1171

〔欧律狄刻自内稍启宫门。

---

① 安菲昂,宙斯和安提俄珀之子,忒拜外城建造者。传说他弹奏赫耳墨斯送他的弦琴,石头受感动,自动滚来,垒成城垣。
② 喻无价值之物。

53

歌队长　你来报告什么?我们的王室又有了什么灾难?

报信人　他们都死了!那活着的人对死者应当负责任。

歌队长　谁是凶手?谁是被杀者?快说呀!

报信人　海蒙死了,他不是被外人杀死的。

歌队长　到底是他父亲的手,还是他自己的手杀死的?

报信人　他为那杀人的事生他父亲的气,因此自杀了。

歌队长　先知呀,你的话多么灵验啊!

报信人　既然如此,你应当想想其余的事!

歌队长　我看见不幸的欧律狄刻,克瑞昂的妻子,来了;她是偶然从家里出来的;要不然,就是因为她听见了她儿子的消息。 1182

〔欧律狄刻由众侍女扶着自宫中上。

欧律狄刻　啊,全体市民们,我正要到雅典娜女神庙①上去祈祷,刚走到大门口,就听见你们的谈话。当我取下门杠开门的时候,家庭灾难的消息就传到我的耳中,我心里一害怕,就向后跌倒在女仆们怀中,昏过去了。不管是什么消息,请你再说一遍,我并不是个没有经历过苦难的人,我要听听。 1191

报信人　亲爱的主母,我既然到过那里,一定向你报告,不漏掉一句真实的话。我为什么要安慰你,使我后来被发现是说假话呢?真实的话永远是最好的。 1195

我给你丈夫指路,跟着他走到平原边上,波吕涅刻斯的尸体依然躺在那里,被狗子撕破,没有人怜

---

① 忒拜有两所雅典娜神庙,一所在卫城上,一所在城外。

悯。我们祈求道路之神①和冥王息怒,大发慈悲;我们随即用清洁的水把他的尸体洗洗,用一些新采集的树枝把残尸火化,还用他的家乡泥土起了一个高坟。然后我们走向那嫁给死神的女子的新房,用石头垫底的洞穴。有人远远听见那还没有举行丧礼的洞房里发出很大的哭声,特地跑来告诉我们的主人克瑞昂。 1208

国王走近一点,那听不清楚的凄惨呼声就飘到他的耳边。他叫喊一声,说出这悲惨的话:"哎呀,难道我的预料成了真事吗?②难道我走上最不幸的道路了吗?是我儿子的声音传到了我的耳中,要我认识!仆人们,赶快上前!你们到了坟前,从坟墓石壁被人弄破的地方钻进去,走到墓室门口,朝里望望,告诉我是我认出了海蒙的声音,还是我被众神欺骗了。" 1218

我们奉了这懊丧的主人的命令,前去查看,看见那女子吊在墓室尽里边,脖子套在细纱绾成的活套里;那年轻人抱住她的腰,悲叹他未婚妻的死亡、他父亲的罪行和他的不幸的婚姻。 1225

他父亲一望见他,就发出凄惨的声音。他跟着进去,大声痛哭,呼唤他的儿子:"不幸的儿呀,你做的是什么事?你打算怎么样?什么事使你发疯?儿

---

① 道路之神,名赫卡忒。古希腊人每月底放一些食物在十字路口敬这位女神,祭品成了穷人的吃食。
② 指安提戈涅会自杀。

呀，快出来，我求你，我求你！"那孩子却用凶恶的眼睛瞪着他，脸上显出憎恨的神情；①他一句话都没回答，随手把那把十字柄短剑拔了出来。他父亲回头就跑，没有被他刺中；那不幸的人对自己生起气来，立即向剑上一扑，右手把剑的半截刺在胁里。当他还有知觉的时候，他把那女子抱在他那无力的手臂中；他一喘气，一股急涌的血流到她那惨白的脸上。 1239

他躺在那里，尸体抱住尸体，这不幸的人终于在死神屋里完成了他的婚礼。他这样向世人证明，人们最大的灾祸来自愚蠢的行为。 1243

〔欧律狄刻进宫，众侍女随入。

歌队长　你猜这是什么意思？我们的主母没有说一句好话，也没有说一句坏话就走了。

报信人　我也大吃一惊；我只希望她认为听见了孩子的灾难，不好在大众面前痛哭悲伤；但是，在家里，她可以领着侍女们哀悼家庭的不幸。她为人很谨慎，不会做错什么事。

歌队长　也许是的；可是，在我看来，这种勉强的沉默和哭哭啼啼都是不祥之兆。

报信人　我进宫去打听她愤怒的心里是不是隐藏着什么不肯泄露的决心。你说得对：勉强的沉默是不祥之兆。 1256

〔报信人进宫。

---

① 沙克布勒本解作："向他脸上唾了一口。"

歌队长　看呀,国王回来了,他手边还有一件表示他的行为的纪念品——如果我们可以这样说的话。这件祸事不是别人惹出来的,只怪他自己做错了事。

〔众仆人抬着海蒙的尸首自观众左方上,克瑞昂随上。

克瑞昂　(哀歌第一曲首节)哎呀,这邪恶心灵的罪过啊,这顽固性情的罪过啊,害死人啊!唉,你们看见这杀人者和被杀者是一家人!唉,我的决心惹出来的祸事啊!儿啊,你年纪轻轻就夭折了,哎呀呀,你死了,去了,只怪我太不谨慎,怪不着你啊!(本节完)

歌队长　唉,你好像看清了是非,只可惜太晚了。

克瑞昂　(第一曲次节)唉,我这不幸的人已经懂得了,仿佛有一位神在我头上重重打了一下,①把我赶到残忍行为的道路上,哎呀,推翻了,践踏了我的幸福!唉!唉!人们的辛苦多么苦啊!(本节完)

〔报信人自宫中上。

报信人　啊,主人,你来了,你手里已经有了东西,此外你还有别的呢。这一个你用手抬着,那一个在家里,你立刻就可以看见。

克瑞昂　除了这些而外,还会有什么更大的灾难呢?

报信人　你的妻子,死者的真正母亲,已经死了,哎呀,那致命的创伤还是新的呢!

克瑞昂　(第二曲首节)哎呀,死神的填不满的收容所

---

① 克瑞昂把自己比作一匹马,马的头部受打击容易发疯。

啊,你为什么,为什么害我?你这个向我报告灾难的坏消息的人啊,你还有什么话要说呢?哎呀,你把我这已死的人又杀了一次!年轻人,你说什么?你带来的是什么消息?哎呀呀,是不是关于我妻子的死亡,尸首上堆尸首的消息?(本节完)　　　　1292

〔活动台自景后推出来,上面停放着欧律狄刻的尸首。

歌队长　你看见了,不再是停在里面的了。

克瑞昂　(第二曲次节)哎呀,我看见了另一件祸事!还有什么,什么命运在等待我呢?刚才我把儿子抱在手里,哎呀,现在又看见这眼前的尸首!唉,不幸的母亲呀!唉,我的儿呀!(本节完)　1300

报信人　她先哀悼那先前死去的墨伽柔斯①的光荣命运,又哀悼这个孩子的命运,最后念咒,请厄运落到你这个杀子的人头上;她随即站在祭坛前面,用锋利的祭刀自杀,闭上了昏暗的眼睛。　　　　1305

克瑞昂　(第三曲首节)哎呀呀,吓得我发抖啊!怎么没有人用双刃剑当胸刺我一下?唉,唉,我多么不幸,深深陷入了不幸的苦难中!(本节完)

报信人　是呀,你妻子临死时指控你对这个孩子和那个孩子的死亡要负责任。

克瑞昂　她是怎样自杀的?

报信人　她听见我们大声哀悼她儿子的死亡,就亲手刺

---

① 墨伽柔斯,克瑞昂之子。阿耳戈斯人攻忒拜时,先知忒瑞西阿斯说,因卡德摩斯曾杀死战神阿瑞斯的龙,战神要求杀一人赔偿,应将墨伽柔斯杀献。墨伽柔斯跳楼自杀。

　　　　穿了自己的心。

克瑞昂　（第三曲次节）哎呀呀，这罪过不能从我肩上转嫁给别人！是我，哎呀，是我杀了你，我说的是事实。啊，仆人们，赶快把我这等于死人的人带走吧！带走吧！（本节完）

歌队长　如果灾难中还有什么好事，你盼咐的倒也是件好事；大难临头，时间越短越好。

克瑞昂　（第四曲首节）快来呀，快来呀，最美最好的命运，快出现呀，给我把末日带来！来呀！来呀，别让我看见明朝的太阳！（本节完）

歌队长　那是未来的事，眼前这些事得赶快办，其余的自有那些应当照管的神来照管。

克瑞昂　我希望的一切都包含在这句话里，我同你一起祈祷。

歌队长　不必祈祷了，是凡人都逃不了注定的灾难。

克瑞昂　（第四曲次节）把我这不谨慎的人带走吧！儿呀，我不知不觉就把你杀死了，（向欧律狄刻的尸首）还把你也杀死了，哎呀呀！我不知看他们哪一个好，不知此后倚靠谁；我手中的一切都弄糟了，还有一种难以忍受的命运落到了我头上。（本节完）

　　　〔众仆人把海蒙的尸首抬进宫，克瑞昂和报信人随入；活动台退到景后。

歌队长　谨慎的人最有福，千万不要犯不敬神的罪，傲慢的人的狂言妄语会招惹严重惩罚，这个教训使人老来时小心谨慎。

　　　〔歌队自观众右方退场。

俄狄浦斯王

此剧本根据杰勃(Sir Richard C. Jebb)编订的《索福克勒斯全集及残诗》(Sophocles, The Plays and Fragments, Cambridge, 1914)第一卷《俄狄浦斯王》(The Oedipus Tyrannus)古希腊文译出。

俄狄浦斯和斯芬克斯

瓶画。俄狄浦斯头戴宽边帽,身披短斗篷,坐在石头上,两腿搭着,中间放着一支手杖。他面前的伊俄尼亚式柱子上,坐着人面狮身的怪兽斯芬克斯,脸是女子,正在说谜语。她嘴边的希腊文是 kaitri……意思是"和三只……",表示正说到谜语中的"和三只脚"那句话。图上边的一行字是俄狄浦斯的名字。

场 次

一 开场(原诗第 1 至 150 行) ……………… 68
二 进场歌(原诗第 151 至 215 行) ……………… 74
三 第一场(原诗第 216 至 462 行) ……………… 77
四 第一合唱歌(原诗第 463 至 512 行) ……………… 86
五 第二场(原诗第 513 至 862 行) ……………… 88
六 第二合唱歌(原诗第 863 至 910 行) ……………… 101
七 第三场(原诗第 911 至 1085 行) ……………… 103
八 第三合唱歌(原诗第 1086 至 1109 行) ……………… 111
九 第四场(原诗第 1110 至 1185 行) ……………… 113
一〇 第四合唱歌(原诗第 1186 至 1222 行) ……………… 117
一一 退场(原诗第 1223 至 1530 行) ……………… 119

人　物

（以上场先后为序）

祭司——宙斯的祭司。

一群乞援人——忒拜人。

俄狄浦斯——拉伊俄斯的儿子，伊俄卡斯忒的儿子与丈夫，忒拜城的王，科任托斯城国王波吕玻斯的养子。

侍从数人——俄狄浦斯的侍从。

克瑞昂——伊俄卡斯忒的兄弟。

歌队——由忒拜长老十五人组成。

忒瑞西阿斯——忒拜城的先知。

童子——忒瑞西阿斯的领路人。

伊俄卡斯忒——俄狄浦斯的母亲与妻子。

侍女——伊俄卡斯忒的侍女。

报信人——波吕玻斯的牧人。

牧人——拉伊俄斯的牧人。

仆人数人——俄狄浦斯的仆人。

传报人——忒拜人。

布 景

忒拜王官前院。

时 代

英雄时代。

一　开　场

〔祭司偕一群乞援人自观众右方上。

〔俄狄浦斯偕众侍从自宫中上。

俄狄浦斯　孩儿们,老卡德摩斯的现代儿孙,城里正弥漫着香烟,到处是求生的歌声和苦痛的呻吟,你们为什么坐在我面前,捧着这些缠羊毛的树枝①?孩儿们,我不该听旁人传报,我,人人知道的俄狄浦斯,亲自出来了。

　　(向祭司)老人家,你说吧,你年高德劭,正应当替他们说话。你们有什么心事,为什么坐在这里?你们有什么忧虑,有什么心愿?我愿意尽力帮助你们,我要是不怜悯你们这样的乞援人,未免太狠心了。 13

祭　司　啊,俄狄浦斯,我邦的君王,请看这些坐在你祭坛前的人都是怎样的年纪:有的还不会高飞;有的是祭司,像身为宙斯祭司的我,已经老态龙钟;还有的是青壮年。其余的人也捧着缠羊毛的树枝坐

---

① 指缠羊毛的橄榄枝。乞援人请求不成功,就把它留在祭坛上,请求成功就带走。

在市场①里、帕拉斯的双庙②前、伊斯墨诺斯庙③上的神托所的火灰旁边。因为这城邦,像你亲眼看见的,正在血红的波浪里颠簸着,抬不起头来:田间的麦穗枯萎了,牧场上的牛瘟死了,妇人流产了;最可恨的带火的瘟神降临到这城邦,使卡德摩斯的家园变为一片荒凉,幽暗的冥土里倒充满了悲叹和哭声。 20

我和这些孩子并不是把你看作天神,才坐在这祭坛前求你,我们是把你当作天灾和人生祸患的救星。你曾经来到卡德摩斯的城邦,豁免了我们献给那残忍的歌女的捐税④。这件事你事先并没有听我们解释过,也没有向人请教过;人人都说,并且相信,你靠天神的帮助救了我们。 39

现在,俄狄浦斯,全能的主上,我们全体乞援人求你,或是靠天神的指点,或是靠凡人的力量,为我们找出一条生路。在我看来,凡是富有经验的人,他们的主见一定是很有用处的。 45

啊,最高贵的人,快拯救我们的城邦!保住你的名声!为了你先前的一片好心,这地方称你为救星;将来我们想起你的统治,别让我们留下这样

---

① "市场"的原文是复数,指忒拜的两个市场,一是斯特洛菲亚河西岸卫城北边的卡德墨亚市场,一是河西外城内的市场。
② 帕拉斯,雅典娜的别名,双庙之一是俄格卡庙,在西门俄格卡附近,另一是卡德墨亚庙,又叫伊斯墨诺斯庙。
③ 伊斯墨诺斯庙,指伊斯墨诺斯河边的阿波罗庙。
④ 指俄狄浦斯除掉吃人的人面狮身怪兽。埃及的人面狮身怪兽是男身,无翅膀;希腊的是女身,有翅膀,故称"歌女"。

的记忆:你先前把我们救了,后来又让我们跌倒。
快拯救这城邦,使它稳定下来!

　　你曾经凭你的好运为我们造福,如今也照样做吧。假如你还想像现在这样治理这国土,那么治理人民总比治理荒郊好;一个城堡或是一条船,要是空着没有人和你同住,就毫无用处。

俄狄浦斯　可怜的孩儿们,我不是不知道你们的来意;我了解你们大家的疾苦。可是你们虽然痛苦,我的痛苦却远远超过你们大家。你们每人只为自己悲哀,不为旁人;我的悲痛却同时是为城邦,为自己,也为你们。

　　我睡不着,并不是被你们吵醒的,须知我是流过多少眼泪,想了又想。我细细思量,终于想到了一个唯一的挽救办法,这办法我已经实行。我已经派克瑞昂,墨诺叩斯的儿子,我的内兄,到皮托福玻斯①的庙上去求问:要用怎样的言行才能拯救这城邦。我计算日程,很是焦心,因为他耽搁得太久,早超过了适当的日期,也不知他在做什么。等他回来,我若是不完全按照天神的启示行事,我就算失德。

祭　司　你说得真巧,他们的手势告诉我,克瑞昂回来了。

俄狄浦斯　阿波罗王啊,但愿他的神采表示有了得救的好消息。

祭　司　我猜想他一定有了好消息,要不然,他不会戴着一顶上面满是果实的桂冠。

---

① 福玻斯,阿波罗的别名。

俄狄浦斯　我们立刻可以知道。他听得见我们说话了。

〔克瑞昂自观众左方上。

亲王,墨诺叩斯的儿子,我的亲戚,你从神那里给我们带回了什么消息?

克瑞昂　好消息!告诉你吧:一切难堪的事,只要向着正确方向进行,都会成为好事。

俄狄浦斯　神示怎么样?你的话既没有叫我放心,也没有使我惊慌。

克瑞昂　你愿意趁他们在旁边的时候听,我现在就说;不然就到宫里去。

俄狄浦斯　说给大家听吧!我是为大家担忧,不单为我自己。

克瑞昂　那么我就把我听到的神示讲出来:福玻斯王分明是叫我们把藏在这里的污染清除出去,别让它留下来,害得我们无从得救。

俄狄浦斯　怎样清除?那是什么污染?

克瑞昂　你得下驱逐令,或者杀一个人抵偿先前的流血;就是那次的流血,使城邦遭了这番风险。

俄狄浦斯　阿波罗指的是谁的事?

克瑞昂　主上啊,在你治理这城邦以前,拉伊俄斯原是这里的王。

俄狄浦斯　我全知道,听人说起过,我没有亲眼见过他。

克瑞昂　他被人杀害了,神分明是叫我们严惩那伙凶手,不论他们是谁。

俄狄浦斯　可是他们在哪里?这旧罪的难寻的线索哪里去寻找?

克瑞昂　神说就在这地方,去寻找就擒得住,不留心就会跑掉。

俄狄浦斯　拉伊俄斯是死在宫中、乡下还是外邦?

克瑞昂　他说出国去求神示,去了就没有回家。

俄狄浦斯　有没有报信人?有没有同伴见过这件事?如果有,我们可以问问他,利用他的话。

克瑞昂　都死了,只有一个吓坏的人逃回来,也只能肯定亲眼看见的一件事。

俄狄浦斯　什么事呢?只要有一线希望,我们总可以从一件事里找出许多线索来。

克瑞昂　他说他们是碰上强盗被杀害的,那是一伙强盗,不是一个人。

俄狄浦斯　要不是有人从这里出钱收买,强盗哪有这样大胆?

克瑞昂　我也这样猜想过,但自从拉伊俄斯遇害之后,还没有人在灾难中起来报仇。

俄狄浦斯　国王遇害之后,什么灾难阻止你们追究呢?

克瑞昂　那说谜语的妖怪使我们放下了那个没头的案子,先考虑眼前的事。

俄狄浦斯　我要重新把这案子弄明白。福玻斯和你都尽了本分,关心过死者;你会看见,我也要正当地和你们一起来为城邦,为天神报这冤仇。这不仅是为一个并不疏远的朋友,也是为我自己清除污染,因为,不论杀他的凶手是谁,也会用同样的毒手来对付我的。所以我帮助朋友,对自己也有利。

　　孩儿们,快从台阶上起来,把这些求援的树枝拿走;叫人把卡德摩斯的人民召集到这里来,我要彻底追究;凭了天神帮助,我们一定成功——但也许会失败。

〔俄狄浦斯偕众侍从进宫,克瑞昂自观众右方下。

祭　司　孩儿们,起来吧!我们是为这件事来的,国王已经答应了我们的请求。福玻斯发出神示,愿他来做我们的救星,为我们消除这场瘟疫。　　　　150

〔众乞援人举起树枝随着祭司自观众右方下。

二 进 场 歌

〔歌队自观众右方进场。

歌　队　（第一曲首节）宙斯的和祥的示神①啊，你从那黄金的皮托②，带着什么消息来到这光荣的忒拜城？我担忧，我心惊胆战，啊，得洛斯的医神③啊，我敬畏你，你要我怎样赎罪？用新的方法，还是依照随着时光的流转而采用的古老仪式？请指示我，你神圣的声音，金色希望的女儿！

（第一曲次节）我首先召唤你，宙斯的女儿，神圣的雅典娜，再召唤你的姐妹阿耳忒弥斯④，她是这地方的守护神，坐在那圆形市场里光荣的宝座上，我还要召唤你，远射的福玻斯：你们三位救命的神，请快显现；你们先前曾解除了这城邦所面临的灾难，把瘟疫的火吹出境外，如今也请快来呀！

（第二曲首节）唉呀，我忍受的痛苦数不清；全

---

① 阿波罗代宙斯颁发神示，所以这样说。
② 皮托庙（即德尔斐庙）内储存着许多金银。
③ 得洛斯的医神指阿波罗。得洛斯是爱琴海上的小岛，阿波罗的生长地。
④ 阿耳忒弥斯，宙斯与勒托之女，同阿波罗是孪生姐弟。

邦的人都病了,找不出一件武器来保护我们。这闻名的土地不结果实,妇人不受生产的疼痛①;只见一条条生命,像飞鸟,像烈火,奔向西主之神②的岸边。

(第二曲次节)这无数的死亡毁了我们城邦,青年男子倒在地上散布瘟疫,没有人哀悼,没有人怜悯;死者的老母和妻子在各处祭坛的台阶上呻吟,祈求天神消除这悲惨的灾难。求生的哀歌是这般响亮,还夹杂着悲惨的哭声;为了解除这灾难,宙斯的金色女儿啊,请给我们美好的帮助。

(第三曲首节)凶恶的阿瑞斯没有携带黄铜的盾牌,就怒吼着向我放火烧来;但愿他退出国外,让和风把他吹到安菲特里忒③的海上,或是吹到不欢迎客人的特剌刻④港口去;黑夜破坏不足,白天便来继续完成。⑤ 我们的父亲宙斯啊,雷电的掌管者啊,请用霹雳把他打死。

〔俄狄浦斯偕众侍从自宫中上。

(第三曲次节)吕刻俄斯王⑥啊,愿你那无敌的箭从金弦上射出去杀敌,帮助我们!愿阿耳忒弥斯点燃她的火炬,火光照耀在吕喀亚山上。我

---

① 指孕妇未生产就已死亡。
② 指冥王哈得斯。
③ 安菲特里忒,海神波塞冬之妻。她的海指大西洋。
④ 特剌刻在黑海西岸。"不欢迎客人的"这一定语指黑海西岸居住着一支野蛮民族,杀外来人献祭。战神阿瑞斯曾住在他们那里。
⑤ 意即死神破坏不足,战神又出来帮助破坏。
⑥ 阿波罗的别号之一。

还要召唤那头束金带的神,和这城邦同名的神,他叫酒色的欧伊俄斯·巴克科斯①,是狂女②的伴侣,愿他也点着光亮的枞脂火炬来做我们的盟友③,抵抗天神所藐视的战神。 215

---

① 即酒神狄俄倪索斯。
② 狂女,酒神的女信徒。
③ 此处原文缺三个缀音,"盟友"一词是后人填补的。

三　第一场

俄狄浦斯　你是这样祈祷,只要你肯听我的话,对症下药,就能得救,脱离灾难。我对这个消息和这场灾祸是不明白的,我只能这样说:如果没有一点线索,我一个人就追不了很远。我成为忒拜公民是在这件案子发生以后。让我向全体公民这样宣布:你们里头如果有谁知道拉布达科斯的儿子拉伊俄斯是被谁杀死的,我要他详细报上来;即使他怕告发了凶手反被凶手告发,也应当报上来;他不但不会受到严重的惩罚,而且可以安然离开祖国。① 如果有人知道凶手是外邦人,也不用隐瞒,我会重赏他,感激他。

但是,你们如果隐瞒——如果有人为了朋友或为了自己有所畏惧而违背我的命令,且听我要怎样处置:在我做国王掌握大权的领土以内,我不许任何人接待那罪人——不论他是谁,不许同他交谈,也不许同他一起祈祷、祭神,或是为他举行净罪

---

① 俄狄浦斯的意思是说,即使告发者被发现是凶手的帮凶,但因告发有功,将只被流放,不受严重的惩罚。

礼①。人人都得把他赶出门外,认清他是我们的污染,正像皮托的神示最近告诉我们的。我要这样来当天神和死者的助手。 245

我诅咒那没有被发现的凶手,不论他是单独行动,还是另有同谋,他这坏人定将过着悲惨不幸的生活。我发誓,假如他是我家里的人,我愿忍受我刚才加在别人身上的诅咒。 251

我为自己,为天神,为这块天神所厌弃的荒芜土地,把这些命令交给你们去执行。

即使天神没有催促你们办这件事,你们的国王,最高贵的人被杀害了,你们也不该把这污染就此放下,不去清除;你们应当追究。我如今掌握着他先前的王权,娶了他的妻子,占有了他的床榻共同播种,如果他求嗣的心②没有遭受挫折,那么同母的子女就能把我们联结成为一家人;但是厄运落到了他头上。我为他作战,就像为自己的父亲作战一样,为了替阿革诺耳的玄孙,老卡德摩斯的曾孙,波吕多罗斯的孙子,拉布达科斯的儿子报仇,③我要竭力捉拿那杀害他的凶手。 268

对那些不服从的人,我求天神不叫他们的土地结果实,不叫他们的女人生孩子;让他们在现在的厄运中毁灭,或者遭受更可恨的命运。

---

① 希腊古人把祭坛上的柴火浸到水里,再用那水来净洗杀人罪。
② 俄狄浦斯还不知道拉伊俄斯生过儿子。
③ 原文是:"为了替古阿革诺耳的儿子老卡德摩斯的儿子波吕多罗斯的儿子拉布达科斯的儿子报仇。"

>   至于你们这些忒拜人——你们拥护我的命令，愿我们的盟友正义之神和一切别的神对你们永远慈祥，和你们同在。

歌队长　主上啊，你既然这样诅咒，我就说了吧：我没有杀害国王，也指不出谁是凶手。这问题是福玻斯提出的，他应当告诉我们，事情到底是谁做的。

俄狄浦斯　你说得对；可是天神不愿做的事，没有人能强迫他们。

歌队长　我愿提出第二个好办法。

俄狄浦斯　假如还有第三个办法，也请讲出来。

歌队长　我知道，忒瑞西阿斯和福玻斯王一样，有先见之明，主上啊，问事的人可以从他那里把事情打听明白。

俄狄浦斯　这件事我并不是没有想到。克瑞昂提议以后，我已两次派人去请他。我一直在纳闷，怎么还没看见他来。

歌队长　我们听见的已经是旧话，失去了意义。

俄狄浦斯　那是什么话？我要打听每一个消息。

歌队长　听说国王是被几个旅客杀死的。

俄狄浦斯　我也听说；可是没人见到过证人。

歌队长　那凶手如果胆小害怕，听见你这样诅咒，就不敢在这里停留了。

俄狄浦斯　他既然敢作敢为，也就不怕言语恐吓。

歌队长　可是有一个人终会把他指出来。他们已经把神圣的先知请来了，人们当中只有他才知道真情。

〔童子带领忒瑞西阿斯自观众右方上。

俄狄浦斯　啊,忒瑞西阿斯,天地间一切可以言说和不可言说的秘密,你都明察。你虽然看不见,也能觉察出我们的城邦遭了瘟疫。主上啊,我们发现你是我们唯一的救星和保护人。你不会没有听见报信人说过,福玻斯已经回答了我们的询问,说这场瘟疫唯一的挽救办法,全看我们能不能找出杀害拉伊俄斯的凶手,把他们处死,或者放逐出境。如今就请利用鸟声①或你所掌握的别的预言术,拯救自己,拯救城邦,拯救我,清除死者留下的一切污染吧!我们全靠你了。一个人最大的事业就是尽他所能、尽他所有帮助别人。

315

忒瑞西阿斯　哎呀,聪明没有用处的时候,做一个聪明人真是可怕呀!这道理我明白,可是我却忘记了,要不然,我就不会来。

俄狄浦斯　怎么?你一来就这么懊丧。

忒瑞西阿斯　让我回家吧。你答应我,你容易对付过去,我也容易对付过去。

俄狄浦斯　你有话不说;你的语气不对头,对养育你的城邦不友好。

忒瑞西阿斯　因为我看你的话说得不合时宜,所以我才不说,免得分担你的祸事。

俄狄浦斯　你要是知道这秘密,看在天神面上,不要走,我们全都跪下来求你。

忒瑞西阿斯　你们都不知道。我不暴露我的痛苦——也

---

① 先知能借鸟声卜吉凶。

是免得暴露你的。

俄狄浦斯　你说什么？你明明知道这秘密，却不告诉我们，岂不是有意出卖我们、破坏城邦吗？

忒瑞西阿斯　我不愿使自己苦恼，也不愿使你苦恼。为什么还要白费唇舌追问呢？你不会从我嘴里知道那秘密的。

俄狄浦斯　坏透了的东西，你的脾气跟石头一样！你不告诉我们吗？你是这样心硬，这样顽强吗？

忒瑞西阿斯　你怪我脾气坏，却不明白你"自己的"同你住在一起，只知道挑我的毛病。

俄狄浦斯　谁听了你这些不尊重城邦的话，能不生气？

忒瑞西阿斯　我虽然保守秘密，事情也总会水落石出。

俄狄浦斯　既然总会水落石出，你就该告诉我。

忒瑞西阿斯　我决不往下说了，你想大发脾气就发吧。

俄狄浦斯　是呀，我是很生气，我要把我的意见都讲出来：我认为你是这罪行的策划者，人是你杀的，虽然不是你亲手杀的。如果你的眼睛没有瞎，我敢说准是你一个人干的。

忒瑞西阿斯　真的吗？我叫你遵守自己宣布的命令，从此不许再跟这些长老说话，也不许跟我说话，因为你就是这地方不洁的罪人。

俄狄浦斯　你厚颜无耻，出口伤人。你逃得了惩罚吗？

忒瑞西阿斯　我逃得了，知道真情就有力量。

俄狄浦斯　谁教给你的？不会是靠法术知道的吧。

忒瑞西阿斯　是你，你逼我说出了我不愿意说的话。

俄狄浦斯　什么话？你再说一遍，我就更明白了。

81

忒瑞西阿斯　是你没听明白,还是故意逼我往下说?

俄狄浦斯　我不能说已经听明白了,你再说一遍吧。

忒瑞西阿斯　我说你就是你要寻找的杀人凶手。

俄狄浦斯　你两次诽谤人,是要受惩罚的。

忒瑞西阿斯　还要我说下去,使你生气吗?

俄狄浦斯　你要说就说,反正都是白费唇舌。

忒瑞西阿斯　我说你是在不知不觉之中和你最亲近的人可耻地住在一起,却看不见自己的灾难。

俄狄浦斯　你以为你能这样说下去,不受惩罚吗?

忒瑞西阿斯　是的,只要知道真情就有力量。

俄狄浦斯　别人有力量,你却没有;你又瞎又聋又懵懂。

忒瑞西阿斯　你这会骂人的可怜虫,回头大家就会这样回敬你。

俄狄浦斯　漫长的黑夜笼罩着你一生,你伤害不了我,伤害不了任何看得见阳光的人。

忒瑞西阿斯　命中注定,你不会在我手中身败名裂;阿波罗有力量,他会完成这件事。

俄狄浦斯　这是克瑞昂的诡计,还是你的?

忒瑞西阿斯　克瑞昂没有害你,是你自己害自己。

俄狄浦斯　(自语)啊,财富、王权、人事的竞争中超越一切技能的技能①,你们多么受人嫉妒:为了羡慕这城邦自己送给我的权力,我信赖的老朋友克瑞昂,偷偷爬过来,要把我推倒。他收买了这个诡计多端的术

---

① 指统治的技能,兼指俄狄浦斯破谜的技能。

士,为非作歹的化子①,他只认得金钱,在法术上却是个瞎子。

（向忒瑞西阿斯）喂,告诉我,你几时证明过你是个先知?那只诵诗的狗②在这里的时候,你为什么不说话,不拯救人民?它的谜语并不是任何过路人破得了的,正需要先知的法术,可是你并没有借鸟的帮助、神的启示显出这种才干来。直到我无知无识的俄狄浦斯来了,不懂得鸟语,只凭智慧就破了那谜语,征服了它。你想推倒我,站在克瑞昂的王位旁边。你想和那主谋的人一起清除这污染,我看你是一定会后悔的。要不是看你上了年纪,早就叫你遭受苦刑,叫你知道你是多么狂妄无礼!

歌队长　看来,俄狄浦斯啊,他和你都是说气话。这样的话没有必要,我们应该考虑怎样好好地执行阿波罗的指示。

忒瑞西阿斯　你是国王,可是我们双方的发言权无论如何应该平等,因为我也享有这样的权利。我是洛克西阿斯③的仆人,不是你的;用不着在克瑞昂的保护下挂名。④你骂我瞎子,可是我告诉你,你虽然有眼也看不见你的灾难,看不见你住在哪里,和什么人同

~~~~~~~~~~~~

① 化子,本义特指库柏勒的女祭司,她每月向人化缘。
② 指会背诵古体诗的狮身人面妖兽。
③ 洛克西阿斯,阿波罗的别名。
④ 居住在雅典的外国人需请一位雅典公民作保护人,若遇讼事,本人不能自行答辩,需由保护人代替。俄狄浦斯告发忒瑞西阿斯是克瑞昂的党羽,他既不是外国人,自然有自行答辩的权利。诗人在此处把他自己的时代的法律习惯运用到英雄时代。

居。你知道你是从什么根里长出来的吗？你不知道,你是你的已死的和活着的亲属的仇人;你父母的诅咒会左右地鞭打你,可怕地向你追来,把你赶出这地方;你现在虽然看得见,可是到了那时候,你眼前只是一片黑暗。等你发觉了你的婚姻——在平安的航行之后,你在家里驶进了险恶的港口,那时候,哪一个收容所没有你的哭声？喀泰戎山上哪一处没有你的回音？你猜想不到那无穷无尽的灾难,它会使你和你自己的身份平等,使你和自己的儿女成为平辈①。

尽管骂克瑞昂,骂我瞎说吧,反正世间再没有比你受苦的人了。

俄狄浦斯　听了他的话,谁能忍受？(向忒瑞西阿斯)该死的东西,还不快退下去,离开我的家？

忒瑞西阿斯　要不是你召我来,我根本不会来。

俄狄浦斯　我不知道你会说这些蠢话,要不然,我决不会请你到我家里来。

忒瑞西阿斯　在你看来,我很愚蠢;可是在你父母看来,我却很聪明。

俄狄浦斯　什么父母？等一等！谁是我父亲？

忒瑞西阿斯　今天就会暴露你的身份,也叫你身败名裂。

俄狄浦斯　你老是说些谜语,意思含含糊糊。

忒瑞西阿斯　你不是最善于破谜吗？

俄狄浦斯　尽管拿这件事骂我吧,你总会从这里头发现

---

① 指俄狄浦斯娶母为妻的灾难。

我的伟大。

忒瑞西阿斯　正是那运气害了你。

俄狄浦斯　只要能拯救城邦，那也没什么关系。

忒瑞西阿斯　我该走了。孩子，领我走吧。

俄狄浦斯　好，让他领你走，你在这里又碍事又讨厌！你走了也免得叫我烦恼。 446

忒瑞西阿斯　可是我要说完我的话才走，我不怕你皱眉头，①你不能伤害我。告诉你吧：你刚才大声威胁，通令要捉拿的，杀害拉伊俄斯的凶手就在这里；表面看来，他是个侨民，一转眼就会发现他是个土生的忒拜人，再也不能享受他的好运了。他将从明眼人变成瞎子，从富翁变成乞丐，到外邦去，用手杖探着路前进。他将成为和他同住的儿女的父兄，他生母的儿子和丈夫，他父亲的凶手和共同播种的人。

　　我这话你进去想一想；要是发现我说假话，再说我没有预言的本领也不迟。 462

〔童子带领先知自观众右方下，俄狄浦斯偕众侍从进宫。

---

① 这瞎眼先知仿佛能看见俄狄浦斯的容貌。

四　第一合唱歌

歌　队　（第一曲首节）那颁发神示的德尔斐石穴①所说的，用血腥的手做出那最凶恶的事的人是谁呀？现在已是他迈着比风也似的骏马还要快的脚步逃跑的时候了；因为宙斯的儿子已带着电火向他扑去，追得上一切人的可怕的报仇神也在追赶着他。　472

（第一曲次节）那神示刚从帕耳那索斯雪山②上响亮地发出来，叫我们四处寻找那没有被发现的罪人。他像公牛一样凶猛，在荒林中、石穴里流浪，凄凄惨惨地独自前进，想避开大地中央③发出的神示，那神示永远灵验，永远在他头上盘旋。　482

（第二曲首节）那聪明的先知非常非常地使我烦恼，我不能同意，也不能承认，不知说什么好！我心里忧虑，对现在和未来的事都看不清。直到如今，我从没有听说拉布达科斯家族和波吕玻斯

---

① 石穴，指德尔斐阿波罗庙内的石穴，或解作"石坡"，神示由此发出。
② 帕耳那索斯，德尔斐北面的高山，从忒拜望得见。本剧编订者杰勃在他的《现代希腊》第75页说，他从喀泰戎山顶望见帕耳那索斯屹立在西北，虽是在五月中，那山顶上还有雪光。
③ 相传宙斯曾遣二鹰自大地边缘东西相向飞行，二鹰在德尔斐上空相遇，故此处称那地方为"大地中央"。

的儿子之间有过什么争吵，可以用来作证据攻击俄狄浦斯的好名声，并且利用这没头的案子为拉布达科斯家族报复冤仇。 497

（第二曲次节）宙斯和阿波罗才是聪明，能够知道世间万事；凡人的才智虽然各有高下，可是要说人间的先知比我精明，却没有确凿的证据。在我没有证实他的话是真的以前，我决不能同意谴责俄狄浦斯。从前那著名的、有翅膀的女妖逼近他的时候，我们看见过他的聪明，他经得起考验，他是城邦的朋友；我相信，他决不会有罪。 512

五 第二场

〔克瑞昂自观众右方上。

克瑞昂　公民们,听说俄狄浦斯王说了许多可怕的话,指控我,我忍无可忍,才到这里来了。如果他认为目前的事是我用什么言行伤害了他,我背上这臭名,真不想再活下去了。如果大家都说我是城邦里的坏人,连你和我的朋友们也这样说,那就不单是在一方面中伤我,而是在许多方面。①

歌队长　他的指责也许是一时的气话,不是有意说的。　524

克瑞昂　他是不是说过我劝先知捏造是非?

歌队长　他说过,但不知是什么用意。

克瑞昂　他控告我的时候,头脑、眼睛清醒吗?

歌队长　我不知道,我不明白我们的国王在做什么。他从宫里出来了。　531

〔俄狄浦斯偕众侍从自宫中上。

俄狄浦斯　你这人,你来干什么?你的脸皮这样厚?你分明是想谋害我,夺取我的王位,还有脸到我家来

---

① 意即不止伤及他和亲戚的关系,而且伤及他和城邦的关系,因为他若害了姐夫俄狄浦斯,也就是害了国王。

吗？喂，当着众神，你说吧：你是不是把我看成了懦夫和傻子，才打算这样干？你狡猾地向我爬过来，你以为我不会发觉你的诡计，发觉了也不能提防吗？你的企图岂不是太愚蠢吗？既没有党羽，又没有朋友，还想夺取王位？那要有党羽和金钱才行呀！ 542

克瑞昂　你知道怎么办么？请听我公正地答复你，听明白了再下判断。

俄狄浦斯　你说话很狡猾，我这笨人听不懂，我看你是存心和我为敌。

克瑞昂　现在先听我解释这一点。

俄狄浦斯　别对我说你不是坏人。

克瑞昂　假如你把糊涂顽固当作美德，你就太不聪明了。 550

俄狄浦斯　假如你认为谋害亲人能不受惩罚，你也算不得聪明。

克瑞昂　我承认你说得对。可是请你告诉我，我哪里伤害了你？

俄狄浦斯　你不是劝我去请那道貌岸然的先知吗？

克瑞昂　我现在也还是这样主张。

俄狄浦斯　已经隔了多久了，自从拉伊俄斯——

克瑞昂　自从他怎么样？我不明白你的意思。

俄狄浦斯　——遭人暗杀死去后。

克瑞昂　算起来日子已经很长久了！

俄狄浦斯　那时候先知卖弄过他的法术吗？

克瑞昂　那时候他和现在一样聪明，一样受人尊敬。

俄狄浦斯　那时候他提起过我吗？

克瑞昂　我在他身边没听见他提起过。 565

俄狄浦斯　你们也没有为死者追究过这件案子吗?

克瑞昂　自然追究过,怎么会没有呢?可是没有结果。

俄狄浦斯　那时候这位聪明人为什么不把真情说出来呢?

克瑞昂　不知道,不知道的事我就不开口。

俄狄浦斯　这一点你总是知道的,应该讲出来。

克瑞昂　哪一点?只要我知道,我不会不说。

俄狄浦斯　要不是和你商量过,他不会说拉伊俄斯是我杀死的。 573

克瑞昂　要是他真这样说,你自己心里该明白;正像你质问我,现在我也有权质问你了。

俄狄浦斯　你尽管质问,反正不能把我判成凶手。

克瑞昂　你难道没有娶我的姐姐吗?

俄狄浦斯　这个问题自然不容我否认。

克瑞昂　你是不是和她一起治理城邦,享有同样权利?

俄狄浦斯　我完全满足了她的心愿。

克瑞昂　我不是和你们俩相差不远,居第三位吗?

俄狄浦斯　正是因为这缘故,你才成了不忠实的朋友。 582

克瑞昂　假如你也像我这样思考,就会知道事情并不是这样的。首先你想一想:谁会愿意做一个担惊受怕的国王,而不愿又有同样权力又是无忧无虑呢?我天生不想做国王,而只想做国王的事,这也正是每一个聪明人的想法。我现在安安心心地从你手里得到一切,如果做了国王,倒要做许多我不愿意做的事了。 591

　　对我来说,王位会比无忧无虑的权势甜蜜吗?

我不至于这样傻,不选择有利有益的荣誉。现在人人祝福我,个个欢迎我。有求于你的人也都来找我,从我手里得到一切。我怎么会放弃这个,追求别的呢?头脑清醒的人是不会当叛徒的。而且我也天生不喜欢这种念头,如果有谁谋反,我决不和他一起行动。

为了证明我的话,你可以到皮托去调查,看我告诉你的神示真实不真实。如果你发现我和先知同谋不轨,请用我们两个人的——而不是你一个人的——名义处决我,把我捉来杀死。可是不要根据靠不住的判断、莫须有的证据就给我定下罪名。随随便便把坏人当好人,把好人当坏人都是不对的。我认为,一个人如果抛弃他忠实的朋友,就等于抛弃他最珍惜的生命。这件事,毫无疑问,你终究是会明白的。因为一个正直的人要经过长久的时间才看得出来,一个坏人只要一天就认得出来。 615

歌队长　主上啊,他怕跌跤,他的话说得很好。急于下判断总是不妥当啊!

俄狄浦斯　那阴谋者已经飞快地来到眼前,我得赶快将计就计。假如我不动,等着他,他会成功,我会失败。

克瑞昂　你打算怎么办?是不是把我放逐出境?

俄狄浦斯　不,我不想把你放逐,我要你死,好叫人看看嫉妒人的下场。

克瑞昂　你的口气看来是不肯让步,不肯相信人? 625

俄狄浦斯　……①

---

① 此处残缺一行。

克瑞昂　我看你很糊涂。

俄狄浦斯　我对自己的事并不糊涂。

克瑞昂　那么你对我的事也该这样。

俄狄浦斯　可是你是个坏人。

克瑞昂　要是你很愚蠢呢？

俄狄浦斯　那我也要继续统治。

克瑞昂　统治得不好就不行！

俄狄浦斯　城邦呀城邦！

克瑞昂　这城邦不单单是你的，我也有份。

歌队长　两位主上啊，别说了。我看见伊俄卡斯忒从宫里出来了，她来得正是时候，你们这场纠纷由她来调停，一定能很好地解决。 633

〔伊俄卡斯忒偕侍女自宫中上。

伊俄卡斯忒　不幸的人啊，你们为什么这样愚蠢地争吵起来？这地方正在闹瘟疫，你们还引起私人纠纷，不觉得惭愧吗？（向俄狄浦斯）你还不快进屋去？克瑞昂，你也回家去吧。不要把一点不愉快的小事闹大了！

克瑞昂　姐姐，你丈夫要对我做可怕的事，两件里选一件，或者把我放逐，或者把我捉来杀死。

俄狄浦斯　是呀，夫人，他要害我，对我下毒手。

克瑞昂　我要是做过你告发的事，我该倒霉，我该受诅咒而死。

伊俄卡斯忒　俄狄浦斯呀，看在天神面上，首先为了他已经对神发了誓，其次也看在我和站在你面前的这些长老面上，相信他吧！ 648

歌　队　（哀歌第一曲首节）主上啊,我恳求你,高兴地、清醒地听从吧!
俄狄浦斯　你要我怎么样?
歌　队　请你尊重他,他原先就不渺小,如今起了誓,就更显得伟大了。
俄狄浦斯　那么你知道要我怎么样吗?
歌　队　知道。
俄狄浦斯　你要说什么快说呀。
歌　队　请不要只凭不可靠的话就控告他,侮辱这位发过誓的朋友。
俄狄浦斯　你要知道,你这要求,不是把我害死,就是把我放逐。
歌　队　（第一曲次节）我凭众神之中最显赫的赫利俄斯起誓,我决不是这个意思。我要是存这样的心,我宁愿为人神所共弃,不得好死。我这不幸的人所担心的是土地荒芜,你们所引起的灾难会加重那原有的灾难。（本节完）
俄狄浦斯　那么让他去吧,尽管我命中注定要当场被杀,或被放逐出境。打动了我的心的,不是他的,而是你的可怜的话。他,不论在哪里,都会叫人痛恨。
克瑞昂　你盛怒时是那样凶狠,你让步时也是这样阴沉:这样的性情使你最受苦,也正是活该。
俄狄浦斯　你还不快离开我,给我滚?
克瑞昂　我这就走。你不了解我,可是在这些长老看来,我却是个正派的人。

〔克瑞昂自观众右方下。

歌　队　（第二曲首节）夫人,你为什么迟迟不把他带进宫去。

伊俄卡斯忒　等我问明白发生了什么事。

歌　队　这方面盲目地听信谣言,起了疑心;那方面感到不公平。

伊俄卡斯忒　这场争吵是双方引起来的吗？

歌　队　是。

伊俄卡斯忒　到底是怎么回事？

歌　队　够了,够了,在我们的土地受难的时候,这件事应该停止在打断的地方。

俄狄浦斯　你看你的话说到哪里去了？你是个忠心的人,却来扑灭我的火气。

歌　队　（第二曲次节）主上啊,我说了不止一次了：我要是背弃你,我就是个失去理性的疯人;那是你,在我们可爱的城邦遭难的时候,曾经正确地为它领航,现在也希望你顺利地领航啊。（本节完）

伊俄卡斯忒　主上啊,看在天神面上,告诉我,你为什么这样生气？

俄狄浦斯　我这就告诉你;因为我尊重你胜过尊重那些人;原因就是克瑞昂在谋害我。

伊俄卡斯忒　往下说吧,要是你能说明这场争吵为什么应当由他负责。

俄狄浦斯　他说我是杀害拉伊俄斯的凶手。

伊俄卡斯忒　是他自己知道的,还是听旁人说的?
俄狄浦斯　都不是。是他收买了一个无赖的先知作喉
　　舌,他自己的喉舌倒是清白的。

伊俄卡斯忒　你所说的这件事,你尽可放心;你听我说下
　　去,就会知道,并没有一个凡人能精通预言术。关于这
　　一点,我可以给你个简单的证据。

　　　有一次,拉伊俄斯得了个神示——我不能说那
　　是福玻斯亲自说的,只能说那是他的祭司说出来的,
　　它说厄运会向他突然袭来,叫他死在他和我所生的
　　儿子手中。

　　　可是现在我们听说,拉伊俄斯是在三岔路口被
　　一伙外邦强盗杀死的。我们的婴儿,出生不到三天,
　　就被拉伊俄斯钉住左右脚跟,叫人丢在没有人迹的
　　荒山里了。

　　　既然如此,阿波罗就没有叫那婴儿成为杀父亲
　　的凶手,也没有叫拉伊俄斯死在儿子手中——这正
　　是他害怕的事。先知的话结果不过如此,你用不着
　　听信。凡是天神必须做的事,他自会使它实现,那是
　　全不费力的。

俄狄浦斯　夫人,听了你的话,我心神不安,魂飞魄散。
伊俄卡斯忒　什么事使你这样吃惊,说出这样的话?
俄狄浦斯　你好像是说,拉伊俄斯被杀是在一个三岔
　　路口。
伊俄卡斯忒　故事是这样,至今还在流传。
俄狄浦斯　那不幸的事发生在什么地方?

伊俄卡斯忒　那地方叫福喀斯①,通往德尔斐和道利亚的两条岔路在那里会合。

俄狄浦斯　事情发生了多久了?

伊俄卡斯忒　这消息是你快要当国王的时候向全城公布的。

俄狄浦斯　宙斯啊,你打算把我怎么样呢?

伊俄卡斯忒　俄狄浦斯,这件事怎么使你这样发愁?

俄狄浦斯　你先别问我,倒是先告诉我,拉伊俄斯是什么模样,有多大年纪。

伊俄卡斯忒　他个子很高,头上刚有白头发,模样和你差不多。

俄狄浦斯　哎呀,我刚才像是凶狠地诅咒了自己,可是自己还不知道。

伊俄卡斯忒　你说什么?主上啊,我看着你就发抖啊。

俄狄浦斯　我真怕那先知的眼睛并没有瞎。你再告诉我一件事,事情就更清楚了。

伊俄卡斯忒　我虽然在发抖,你的话我一定会答复的。

俄狄浦斯　他只带了少数侍从,还是像一位国王那样带了许多卫兵?

~~~~~~~~~~~~~~~~~~

① 福喀斯,在希腊中部,德尔斐和道利亚同是这区域里的两座古城。从忒拜赴德尔斐要经过这三岔口,现在还叫三岔口。从道利亚沿着帕耳那索斯东麓下行,一小时半可以走到。杰勃在他的《现代希腊》第79页这样说:"从德尔斐和从道利亚前来的道路会合处有一个灰色的小荒丘,还有一条道路向南支去。我们可以从那地方望见俄狄浦斯由德尔斐前来的道路。我们沿着那被他杀死的人所走过的道路走去,前面的道路很荒凉,右边是帕耳那索斯山,左边是赫利孔山北麓。那南方现出一个峡谷,上接赫利孔山,峡谷里的荒石间点缀着稀疏的青翠,那景象真是雄壮与苍凉。"

伊俄卡斯忒　一共五个人,其中一个是传令官,还有一辆马车,是给拉伊俄斯坐的。

俄狄浦斯　哎呀,真相已经很清楚了!夫人啊,这消息是谁告诉你的。

伊俄卡斯忒　是一个仆人,只有他活着回来了。

俄狄浦斯　那仆人现在还在家里吗?

伊俄卡斯忒　不在。他从那地方回来以后,看见你掌握了王权,拉伊俄斯完了,他就拉着我的手,求我把他送到乡下,牧羊的草地上去,远远地离开城市。我把他送去了。他是个好仆人,应当得到更大的奖赏。

俄狄浦斯　我希望他回来,越快越好!

伊俄卡斯忒　这倒容易。可是你为什么希望他回来呢?

俄狄浦斯　夫人,我是怕我的话说得太多了,所以想把他召回来。

伊俄卡斯忒　他会回来的。可是,主上啊,你也该让我知道,你心里到底有什么不安。

俄狄浦斯　你应该知道我是多么忧虑。碰上这样的命运,我还能把话讲给哪一个比你更应该知道的人听?

　　我父亲是科任托斯人,名叫波吕玻斯,我母亲是多里斯①人,名叫墨洛珀。我在那里一直被尊为公民中的第一个人物,直到后来发生了一件意外的事——那虽是奇怪,倒还值不得放在心上。那是在某一次宴会上,有个人喝醉了,说我是我父亲的冒名

---

① 多里斯,在福喀斯西北。

儿子。当天我非常烦恼,好容易才忍耐住;第二天我去问我的父母,他们因为这辱骂对那乱说话的人很生气。我虽然满意了,但是事情总是使我很烦恼,因为诽谤的话到处都在流传。我就瞒着父母,去到皮托,福玻斯没有答复我去求问的事,就把我打发走了;可是他却说了另外一些预言,十分可怕,十分悲惨,他说我命中注定要玷污我母亲的床榻,生出一些使人不忍看的儿女,而且会成为杀死我的生身父亲的凶手。

我听了这些话,就逃到外地去,免得看见那个会实现神示所说的耻辱的地方,从此我就凭了天象走过科任托斯的土地。我在旅途中来到你所说的国王遇害的地方。夫人,我告诉你真实情况吧。我走近三岔路口的时候,碰见一个传令官和一个坐马车的人,正像你所说的。那领路的和那老年人态度粗暴,要把我赶到路边。我在气愤中打了那个推我的人——那个驾车的;那老年人看见了,等我经过的时候,从车上用双尖头的刺棍朝我头上打过来。可是他付出了一个不相称的代价,立刻挨了我手中的棍子,从车上仰面滚下来了;我就把他们全杀死了。

如果我这客人和拉伊俄斯有了什么亲属关系,谁还比我更可怜?谁还比我更为天神所憎恨?没有一个公民或外邦人能够在家里接待我,没有人能够和我交谈,人人都得把我赶出门外。这诅咒不是别人加在我身上的,而是我自己。我用这双手玷污了死者的床榻,也就是用这双手把他杀死的。我不是个坏人吗？我不是肮脏不洁吗？我得出外流亡，在流亡中看不见亲人，也回不了祖国；要不然，就得娶我的母亲，杀死那生我养我的父亲波吕玻斯。 827

如果有人断定这些事是天神给我造成的，不也说得正对吗？你们这些可敬的神圣的神啊，别让我，别让我看见那一天！在我没有看见这罪恶的污点沾到我身上之前，请让我离开尘世。 833

歌队长　在我们看来，主上啊，这件事是可怕的；但是在你还没有向那证人打听清楚之前，不要失望。

俄狄浦斯　我只有这一点希望了，只好等待那牧人。

伊俄卡斯忒　等他来了，你想打听什么？

俄狄浦斯　告诉你吧：他的话如果和你的相符，我就没有灾难了。

伊俄卡斯忒　你从我这里听出了什么不对头的话呢？ 841

俄狄浦斯　你曾告诉我，那牧人说过杀死拉伊俄斯的是一伙强盗。如果他说的还是同样的人数，那就不是我杀的了，因为一个总不等于许多。如果他只说是一个单身的旅客，这罪行就落在我身上了。

伊俄卡斯忒　你应该相信，他是那样说的，他不能把话收回，因为全城的人都听见了，不单是我一个人。即使他改变了以前的话，主上啊，也不能证明拉伊俄斯的死和神示所说的真正相符；因为洛克西阿斯说的是，他注定要死在我儿子手中，可是那不幸的婴儿没有杀死他的父亲，倒是自己先死了。从那时以后，我就再不因为神示而左顾右盼了。

俄狄浦斯　你的看法对。不过还是派人去把那牧人叫来,不要忘记了。

伊俄卡斯忒　我马上派人去。我们进去吧。凡是你所喜欢的事我都照办。 862

〔俄狄浦斯偕众侍从进宫,伊俄卡斯忒偕侍女随入。

六 第二合唱歌

歌　队　（第一曲首节）愿命运依然看见我所有的言行保持神圣的清白，为了规定这些言行，天神制定了许多最高的律条，它们出生在高天上，他们唯一的父亲是俄林波斯①，不是凡人，谁也不能把它们忘记，使它们入睡；天神是靠了这些律条才有力量，得以长生不死。

（第一曲次节）傲慢产生暴君。② 它若是富有金钱——得来不是时候，没有益处；它若是爬上最高的墙顶，就会落到最不幸的命运中，有脚没用处。③ 愿天神不要禁止那对城邦有益的竞赛，我永远把天神当作守护神。

（第二曲首节）如果有人不畏正义之神，不敬神像，④言行上十分傲慢，如果他贪图不正当的利益，做出不敬神的事，愚蠢地玷污圣物，愿厄运为

~~~~~~~~~~

① 此处指天，指宙斯。
② 讽刺俄狄浦斯对待克瑞昂的傲慢态度。
③ 因为这一跌头先落地。
④ 此处大概暗射公元前四一五年赫耳墨斯柱像被毁一事。当雅典水师将要开赴西西里的时候，雅典城内的赫耳墨斯像忽然被人毁坏了。这是些方形石柱，顶端雕刻着赫耳墨斯的头像。

101

了这不吉利的傲慢行为把他捉住。

做了这样的事,谁敢夸说他的性命躲避得了天神的箭?如果这样的行为是可敬的,那么我何必在这里歌舞呢? 896

(第二曲次节)如果这神示不应验,不给大家看清楚,那么我就不诚心诚意去朝拜大地中央不可侵犯的神殿,不去朝拜奥林匹亚①或阿拜②的庙宇。王啊——如果我们可以这样正当的称呼你,统治一切的宙斯啊,别让这件事躲避你的注意,躲避你的不灭的威力。

关于拉伊俄斯的古老的预言已经寂静了,不被人注意了,阿波罗到处不受人尊敬,对神的崇拜从此衰微。 910

---

① 奥林匹亚,在希腊西部,开奥林匹克运动会和祭祀宙斯的地方。
② 阿拜,在福喀斯西北的山上。

七 第 三 场

〔伊俄卡斯忒偕侍女自宫中上。

伊俄卡斯忒 我邦的长老们啊,我本想拿着这缠羊毛的树枝和香料到神的庙上,因为俄狄浦斯由于各种忧虑,心里很紧张,他不像一个清醒的人,不会凭旧事推断新事①,只要有人说出恐怖的话,他就随他摆布。 917

我既然劝不了他,只好带着这些象征祈求的礼物来求你,吕刻俄斯·阿波罗啊——因为你离我最近,请给我们一个避免污染的方法。我们看见他受惊,像乘客看见船上舵工受惊一样,大家都害怕。 923

〔报信人自观众左方上。

报信人 啊,客人们,我可以向你们打听俄狄浦斯王的宫殿在哪里吗?最好告诉我他本人在哪里,要是你们知道的话。

歌　队 啊,客人,这就是他的家,他本人在里面,这位夫人是他儿女的母亲。

报信人 愿她在幸福的家里永远幸福,既然她是他的全

---

① 指根据阿波罗关于拉伊俄斯会被儿子所杀的神示没有应验,来推断先知忒瑞西阿斯关于俄狄浦斯是杀父凶手的预言也是不可信的。

福的妻子①！

伊俄卡斯忒　啊，客人，愿你也幸福。你说了吉祥话，应当受我回敬。请你告诉我，你来求什么，或者有什么消息见告。

报信人　夫人，对你家和你丈夫是好消息。

伊俄卡斯忒　什么消息？你是从什么人那里来的？

报信人　从科任托斯来的。你听了我要报告的消息一定高兴，怎么会不高兴呢？但也许还会发愁呢。

伊俄卡斯忒　到底是什么消息？怎么会使我高兴又使我发愁？

报信人　人民要立俄狄浦斯为伊斯特摩斯②地方的王，那里是这样说的。

伊俄卡斯忒　怎么？老波吕玻斯不是还在掌权吗？

报信人　不掌权了，因为死神已把他关进坟墓了。

伊俄卡斯忒　你说什么？老人家，波吕玻斯死了吗？

报信人　倘若我撒谎，我愿意死。

伊俄卡斯忒　侍女呀，还不快去告诉主人？

　　　〔侍女进宫。

　　啊，天神的预言，你成了什么东西？俄狄浦斯多年来所害怕，所要躲避的正是这人，他害怕把他杀了；现在他已寿尽而死，不是死在俄狄浦斯手中的。

　　　〔俄狄浦斯偕众侍从自宫中上。

---

① "全福"一词赞美这位夫人生得有儿女。或解作"他的妻子，家里的主妇"。

② 伊斯特摩斯，科任托斯附近的地峡。

俄狄浦斯　啊,伊俄卡斯忒,最亲爱的夫人,为什么把我从屋里叫来?

伊俄卡斯忒　请听这人说话,你一边听,一边想天神的可怕的预言成了什么东西了。

俄狄浦斯　他是谁?有什么消息见告?

伊俄卡斯忒　他是从科任托斯来的,来讣告你父亲波吕玻斯不在了,去世了。

俄狄浦斯　你说什么,客人?亲自告诉我吧。

报信人　如果我得先把事情讲明白,我就让你知道,他死了,去世了。

俄狄浦斯　他是死于阴谋,还是死于疾病?

报信人　天平稍微倾斜,一个老年人便长眠不醒。①

俄狄浦斯　那不幸的人好像是害病死的。

报信人　并且因为他年高寿尽了。

俄狄浦斯　啊!夫人呀,我们为什么要重视皮托的颁布预言的庙宇,或空中啼叫的鸟儿呢?它们曾指出我命中注定要杀我父亲。但是他已经死了,埋进了泥土;我却还在这里,没有动过刀枪。除非说他是因为思念我而死的,那么倒是我害死了他。这似灵不灵的神示已被波吕玻斯随身带着,和他一起躺在冥府里,不值半文钱了。

伊俄卡斯忒　我不是早就这样告诉你了吗?

俄狄浦斯　你倒是这样说过,可是,我因为害怕,迷失了

---

① 指生命的天平,一端的砝码稍微减少一点,另一端便下坠,表示寿命已尽。

方向。

伊俄卡斯忒　现在别再把这件事放在心上了。

俄狄浦斯　难道我不该害怕玷污我母亲的床榻吗？

伊俄卡斯忒　偶然控制着我们，未来的事又看不清楚，我们为什么惧怕呢？最好尽可能随随便便地生活。别害怕你会玷污你母亲的婚姻，许多人曾在梦中娶过母亲，①但是那些不以为意的人却安乐地生活。

俄狄浦斯　要不是我母亲还活着，你这话倒也对；可是她既然健在，即使你说得对，我也应当害怕啊！

伊俄卡斯忒　可是你父亲的死总是个很大的安慰。

俄狄浦斯　我知道是个很大的安慰，可是我害怕那活着的妇人。

报信人　你害怕的妇人是谁呀？

俄狄浦斯　老人家，是波吕玻斯的妻子墨洛珀。

报信人　她哪一点使你害怕？

俄狄浦斯　啊，客人，是因为神送来的可怕的预言。

报信人　说得说不得？是不是不可以让人知道？

俄狄浦斯　当然可以。洛克西阿斯曾说我命中注定要娶自己的母亲，亲手杀死自己的父亲。因此多年来我远离科任托斯。我在此虽然幸福，可是看见父母的容颜是件很大的乐事啊。

报信人　你真的因为害怕这些事，离开了那里？

---

① 此处大概暗射希庇亚斯的故事。希庇亚斯是雅典的僭主，后来被放逐。他在公元前四九〇年马拉松之役前夕做了这样一个梦，他把雅典当作母亲，认为这是他借波斯兵力复辟的吉兆（见希罗多德的《史书》第六卷第107段）。

俄狄浦斯　啊,老人家,还因为我不想成为杀父的凶手。

报信人　主上啊,我怀着好意前来,怎么不能解除你的恐惧呢?

俄狄浦斯　你依然可以从我手里得到很大的应得的报酬。

报信人　我是特别为此而来的,等你回去的时候,我可以得到一些好处呢。

俄狄浦斯　但是我决不肯回到我父母家里。

报信人　年轻人!显然你不知道你在做什么。

俄狄浦斯　怎么不知道呢,老人家?看在天神面上,告诉我吧。

报信人　如果你是为了这个缘故不敢回家。　　1010

俄狄浦斯　我害怕福玻斯的预言在我身上应验。

报信人　是不是害怕因为杀父娶母而犯罪?

俄狄浦斯　是的,老人家,这件事一直在吓唬我。

报信人　你知道你没有理由害怕吗?

俄狄浦斯　怎么没有呢,如果我是他们的儿子?

报信人　因为你和波吕玻斯没有血缘关系。

俄狄浦斯　你说什么?难道波吕玻斯不是我的父亲?

报信人　正像我不是你的父亲,他也同样不是。

俄狄浦斯　我的父亲怎能和你这个同我没关系的人同样不是?

报信人　你不是他生的,也不是我生的。

俄狄浦斯　那么他为什么称我作他的儿子呢?

报信人　告诉你吧,是因为他从我手中把你当一件礼物接受了下来。

107

俄狄浦斯　但是他为什么十分爱别人送的孩子呢？

报信人　他从前没有儿子，所以才这样爱你。

俄狄浦斯　是你把我买来，还是把我捡来送给他的。　1025

报信人　是我从喀泰戎峡谷里把你捡来送给他的。

俄狄浦斯　你为什么到那一带去呢？

报信人　我在那里放牧山上的羊。

俄狄浦斯　你是个牧人，还是个到处漂泊的佣工。

报信人　年轻人，那时候我是你的救命恩人。

俄狄浦斯　你把我抱在怀里的时候，我有没有什么痛苦？

报信人　你的脚跟可以证实你的痛苦。

俄狄浦斯　哎呀，你为什么提起这个老毛病？

报信人　那时候你的左右脚跟是钉在一起的，我给你解开了。

俄狄浦斯　那是我襁褓时期遭受的莫大的耻辱。

报信人　是呀，你是由这不幸而得到你现在的名字的。

俄狄浦斯　看在天神面上，告诉我，这件事是我父亲还是我母亲干的？你说。

报信人　我不知道，那把你送给我的人比我知道得清楚。

俄狄浦斯　怎么？是你从别人那里把我接过来的，不是自己捡来的吗？

报信人　不是自己捡来的，是另一个牧人把你送给我的。

俄狄浦斯　他是谁？你指得出来吗？

报信人　他被称为拉伊俄斯的仆人。　1042

俄狄浦斯　是这地方从前的国王的仆人吗？

报信人　是的，是国王的牧人。

俄狄浦斯　他还活着吗？我可以看见他吗？

报信人 （向歌队）你们这些本地人应当知道得最清楚。

俄狄浦斯 你们这些站在我面前的人里面,有谁在乡下或城里见过他所说的牧人,认识他？赶快说吧！这是水落石出的时机。 1050

歌队长 我认为他所说的不是别人,正是你刚才要找的乡下人。这件事伊俄卡斯忒最能够说明。

俄狄浦斯 夫人,你还记得我们刚才想召见的人吗？这人所说的是不是他？

伊俄卡斯忒 为什么问他所说的是谁？不必理会这事。不要记住他的话。

俄狄浦斯 我得到了这样的线索,还不能发现我的血缘,这可不行。

伊俄卡斯忒 看在天神面上,如果你关心自己的性命,就不要再追问了,我自己的苦闷已经够了。

俄狄浦斯 你放心,即使发现我母亲三世为奴,我有三重奴隶身份,你出身也不卑贱。

伊俄卡斯忒 我求你听我的话,不要这样。 1064

俄狄浦斯 我不听你的话,我要把事情弄清楚。

伊俄卡斯忒 我愿你好,好心好意劝你。

俄狄浦斯 你这片好心好意一直在使我苦恼。

伊俄卡斯忒 啊,不幸的人,愿你不知道你的身世。

俄狄浦斯 谁去把牧人带来？让这个女人去赏玩她的高贵门第吧！

伊俄卡斯忒 哎呀,哎呀,不幸的人呀！我只有这句话对你说,从此再没有别的话可说了！ 1072

〔伊俄卡斯忒冲进宫去。

歌队长　俄狄浦斯,王后为什么在这样忧伤的心情下冲了进去?我害怕她这样闭着嘴,会有祸事发生。

俄狄浦斯　要发生就发生吧!即使我的出身卑贱,我也要弄清楚。那女人——女人总是很高傲的,她也许因为我出身卑贱感觉羞耻。但是我认为我是仁慈的幸运的宠儿,不至于受辱。幸运是我的母亲;十二个月份是我的弟兄,他们能划出我什么时候渺小,什么时候伟大。这就是我的身世,我绝不会被证明是另一个人,因此我一定要追问我的血统。　1085

八 第三合唱歌[1]

歌　队　（首节）啊,喀泰戎山,假如我是个先知,心里聪明,我敢当着俄林波斯说,等明晚月圆时,[2]你一定会感觉俄狄浦斯尊你为他的故乡、母亲和保姆,我们也载歌载舞赞美你,因为你对我们的国王有恩德。福玻斯啊,愿这事能讨你喜欢!

（次节）我的儿,哪一位,哪一位和潘[3]——那个在山上游玩的父亲——接近的神女是你的母亲? 是不是洛克西阿斯的妻子? 高原上的草地他全都喜爱。[4]也许是库勒涅的王[5],或者狂女们的神[6],那位住在山顶上的神,从赫利孔[7]仙女——

---

[1] 这合唱歌节奏活泼,表现快乐的情调,因为歌队的忧虑被俄狄浦斯一番自慰的话打消。由于俄狄浦斯的身世要被发现了,观众没有耐心听这种快乐的歌,所以这合唱歌是很短的。
[2] 本剧大概是在三月底四月初举行的"酒神大节"上演的。酒神大节以后便逢四月初的"月圆节"。
[3] 潘,阿耳卡狄亚的半人半山羊的牧神,赫耳墨斯之子。
[4] 阿波罗曾为阿德墨托斯牧过牛羊,他可能在原野上同神女们有来往。
[5] 库勒涅的王,指赫耳墨斯,他的生长地库勒涅山在阿耳卡狄亚东北部,高约二千四百米,从玻俄提亚望得见。
[6] "狂女们的神",指酒神。
[7] 赫利孔山在玻俄提亚境内。

他最爱和那些神女嬉戏——手中接受了你这婴儿。　　　　　　　　1109

九 第 四 场

俄狄浦斯　长老们,如果让我猜想,我以为我看见的是我们一直在寻找的牧人,虽然我没有见过他。他的年纪和这客人一般大,我并且认识那些带路的是自己的仆人。(向歌队长)也许你比我认识得清楚,如果你见过这牧人。

歌队长　告诉你吧,我认识他。他是拉伊俄斯家里的人,作为一个牧人,他和其他的人一样可靠。

〔众仆人带领牧人自观众左方上。

俄狄浦斯　啊,科任托斯客人,我先问你,你指的是不是他?

报信人　我指的正是你看见的人。

俄狄浦斯　喂,老头儿,朝这边看,回答我问你的话。你是拉伊俄斯家里的人吗?

牧　人　我是他家养大的奴隶,不是买来的。

俄狄浦斯　你干的什么工作,过的什么生活?

牧　人　大半辈子放羊。

俄狄浦斯　你通常在什么地方住羊棚?

牧　人　有时候在喀泰戎山上,有时候在那附近。

俄狄浦斯　还记得你在那地方见过这人吗?

牧　　人　　见过什么？你指的是哪个？

俄狄浦斯　　我指的是眼前的人，你碰见过他没有？

牧　　人　　我一下子想不起来，不敢说碰见过。

报信人　　主上啊，一点也不奇怪。我能使他清清楚楚回想起那些已经忘记了的事。我相信他记得他带着两群羊，我带着一群羊，我们在喀泰戎山上从春天到阿耳克图洛斯①初升的时候做过三个半年朋友。到了冬天，我赶着羊回我的羊圈，他赶着羊回拉伊俄斯的羊圈。（向牧人）我说的是不是真事？

牧　　人　　你说的是真事，虽是老早的事了。

报信人　　喂，告诉我，还记得那时候你给了我一个婴儿，叫我当自己的儿子养着吗？

牧　　人　　你是什么意思？干吗问这句话？

报信人　　好朋友，这就是他，那时候是个婴儿。

牧　　人　　该死的家伙！还不快住嘴！

俄狄浦斯　　啊，老头儿，不要骂他，你说这话倒是更该挨骂！

牧　　人　　好主上啊，我有什么错呢？

俄狄浦斯　　因为你不回答他问你的关于那孩子的事。

牧　　人　　他什么都不晓得，却要多嘴，简直是白搭。

俄狄浦斯　　你不痛痛快快回答，要挨了打哭着回答！

---

① 阿耳克图洛斯，北极上空农夫星座最亮的星（即大角星），在秋分前几天出现，叫作晨星；又在春分前几天出现，叫作晚星。波吕玻斯的牧人于三月间从科任托斯赶羊上喀泰戎山，在那里遇见拉伊俄斯的牧人，后者是从忒拜平原来的。他们在山上住了六个月，直到九月中晨星出现时，他们才各自赶着羊回家。

牧　　人　看在天神面上，不要拷打一个老头子。

俄狄浦斯　（向侍从）还不快把他的手反绑起来？

牧　　人　哎呀，为什么呢？你还要打听什么呢？

俄狄浦斯　你是不是把他所问的那孩子给了他？

牧　　人　我给了他；愿我在那一天就死了！

俄狄浦斯　你会死的，要是你不说真话。

牧　　人　我说了真话，更该死了。

俄狄浦斯　这家伙好像还想拖延时间。　　　　　　　1160

牧　　人　我不想拖延时间，我刚才已经说过我给了他。

俄狄浦斯　哪里来的？是你自己的，还是从别人那里得来的？

牧　　人　这孩子不是我自己的，是别人给我的。

俄狄浦斯　哪个公民，哪家给你的？

牧　　人　看在天神面上，不要，主人啊，不要再问了！

俄狄浦斯　如果我再追问，你就活不成了。

牧　　人　他是拉伊俄斯家里的孩子。

俄狄浦斯　是个奴隶，还是个亲属？

牧　　人　哎呀，我要讲那怕人的事了！

俄狄浦斯　我要听那怕人的事了！也只好听下去。

牧　　人　人家说是他的儿子，但是里面的娘娘，主上家的，最能告诉你是怎么回事。　　　　　　　　1172

俄狄浦斯　是她交给你的吗？

牧　　人　是，主上。

俄狄浦斯　是什么用意呢？

牧　　人　叫我把他弄死。

俄狄浦斯　做母亲的这样狠心吗？

牧　人　因为她害怕那不吉利的神示。

俄狄浦斯　什么神示？

牧　人　人家说他会杀他父亲。

俄狄浦斯　你为什么又把他送给了这老人呢？　　　　　1177

牧　人　主上啊，我可怜他，我心想他会把他带到别的地方——他的家里去；哪知他救了他，反而闯了大祸。如果你就是他所说的人，我说，你生来是个受苦的人啊！

俄狄浦斯　哎呀！哎呀！一切都应验了！天光呀，我现在向你看最后一眼！我成了不应当生我的父母的儿子，娶了不应当娶的母亲，杀了不应当杀的父亲。　　1185

〔俄狄浦斯冲进宫去，众侍从随入。

〔报信人、牧人和众仆人自观众左方下。

一〇 第四合唱歌

歌　队　（第一曲首节）凡人的子孙啊，我把你们的生命当作一场空！谁的幸福不是表面现象，一会儿就消灭了？不幸的俄狄浦斯，你的命运，你的命运警告我不要说凡人是幸福的。 1190

（第一曲次节）宙斯啊，他比别人射得远，获得了莫大的幸福，他弄死了那个出谜语的、长弯爪的女妖，挺身而出当我邦抵御死亡的堡垒。从那时候起，俄狄浦斯，我们称你为王，你统治着强大的忒拜，享受着最高的荣誉。 1203

（第二曲首节）但如今，有谁的身世听起来比你的更可怜？有谁在凶恶的灾祸中，在苦难中遭遇着人生的变迁，比你更可怜？

哎呀，闻名的俄狄浦斯！那同一个宽阔的港口够你使用了，你进那里做儿子，又扮新郎做父亲。不幸的人呀，你父亲耕种的土地怎能够，怎能够一声不响，容许你耕种了这么久？ 1212

（第二曲次节）那无所不见的时光终于出乎你的意料发现了你，它审判了这不清洁的婚姻，这婚姻使儿子成了丈夫。

哎呀,拉伊俄斯的儿子啊,愿我,愿我从没有见过你!我为你痛哭,像一个哭丧的人!说老实话,你先前使我重新呼吸,现在使我闭上眼睛。 1222

一一 退　场

〔传报人①自宫中上。

传报人　我邦最受尊敬的长老们啊,你们将听见多么惨的事情,将看见多么惨的景象,你们将是多么忧愁,如果你们效忠你们的种族,依然关心拉布达科斯的家室。我认为即使是伊斯忒耳河和法息斯河②也洗不干净这个家,它既隐藏着一些灾祸,又要把另一些暴露在光天化日之下,这些都不是无心,而是有意做出来的。自己招来的苦难总是最使人痛心啊!

歌队长　我们先前知道的苦难也并不是不可悲啊!此外,你还有什么苦难要说?

传报人　我的话可以一下子说完,一下子听完:高贵的伊俄卡斯忒已经死了。

歌队长　不幸的人呀!她是怎么死的?

传报人　她自杀了。这件事最惨痛的地方你们感觉不到,因为你们没有亲眼看见。我记得多少,告诉你多少。

1236

①　传报人通常是一个从屋里出来的人,他报告景后所发生的事。
②　伊斯忒耳河,多瑙河的古名。法息斯河,从小亚细亚流入黑海的河流。

她发了疯,穿过门廊,双手抓着头发,直向她的新床跑去;她进了卧房,砰地关上门,呼唤那早已死了的拉伊俄斯的名字,想念她早年所生的儿子,说拉伊俄斯死在他手中,留下做母亲的给他的儿子生一些不幸的儿女。她为她的床榻而悲叹,她多么不幸,在那上面生了两种人,给丈夫生丈夫,给儿子生儿女。她后来是怎样死的,我就不知道了;因为俄狄浦斯大喊大叫冲进宫去,我们没法看完她的悲剧,而转眼望着他横冲直撞。他跑来跑去,叫我们给他一把剑,还问哪里去找他的妻子,又说不是妻子,是母亲,他和他儿女共有的母亲。他在疯狂中得到了一位天神的指点;因为我们这些靠近他的人都没有给他指路。好像有谁在引导,他大叫一声,朝着那双扇门冲去,把弄弯了的门杠从承孔里一下推开,冲进了卧房。

1262

我们随即看见王后在里面吊着,脖子缠在那摆动的绳子上。国王看见了,发出可怕的喊声,多么可怜!他随即解开那活套。等那不幸的人躺在地上时,我们就看见那可怕的景象:国王从她袍子上摘下两只她佩戴着的金别针①,举起来朝着自己的眼珠刺去,并且这样嚷道:"你们再也看不见我所受的灾难,我所造的罪恶了!你们看够了你们不应当看的人②,不认识我想认识的人③,你们从此黑暗无光!"

---

① 双肩上系衣的别针。
② 指作为他妻子的伊俄卡斯忒和他俩所生的儿女。
③ 指俄狄浦斯的父母。

　　　　他这样悲叹的时候,屡次举起金别针朝着眼睛狠狠刺去;每刺一下,那血红的眼珠里流出的血便打湿了他的胡子,那血不是一滴滴地滴,而是许多黑的血点,雹子般一齐下降。这场祸事是两个人惹出来的,不止一人受难,而是夫妻共同受难。他们旧时代的幸福在从前倒是真正的幸福;但如今,悲哀、毁灭、死亡、耻辱和一切有名称的灾难都落到他们身上了。　1285

歌队长　现在那不幸的人的痛苦是不是已经缓和一点了?

传报人　他大声叫人把宫门打开,让全体忒拜人看看他父亲的凶手,他母亲的——我不便说那不干净的话;他愿出外流亡,不愿留下,免得这个家在他的诅咒之下有了灾祸。可是他没有力气,没有人带领,那样的苦恼不是人所能忍受的。他会给你看的。现在宫门打开了,你立刻可以看见那样一个景象,即使是不喜欢看的人也会发生怜悯之情的。　1296

　　〔众侍从带领俄狄浦斯自宫中上。

歌　队　(哀歌)①这苦难啊,叫人看了害怕!我所看见的最可怕的苦难啊!可怜的人呀,是什么疯狂缠磨着你?是哪一位神跳得比最远的跳跃还要远,落到了你这不幸的生命上?

　　　　哎呀,哎呀,不幸的人呀!我想问你许多事,打听许多事,观察许多事,可是我不能望你一眼。你吓得我发抖啊!　1306

---

① 第1297至1312行是短短长节奏的诗,后面才是分节的哀歌。

俄狄浦斯　哎呀呀,我多么不幸啊!我这不幸的人到哪里去呢?我的声音轻飘飘地飞到哪里去了?命运啊,你跳到哪里去了?

歌队长　跳到可怕的灾难中去了,不可叫人听见,不可叫人看见。

俄狄浦斯　(第一曲首节)黑暗之云啊,你真可怕,你来势凶猛,无法抵抗,是太顺的风把你吹来的。

　　　　哎呀,哎呀!

　　　　这些刺伤了我,这些灾难的回忆伤了我。

歌　队　难怪你在这样大的灾难中悲叹这双重的痛苦,忍受这双重的痛苦①。

俄狄浦斯　(第一曲次节)啊,朋友,你依然是我的忠实伴侣,还有耐心照看一个瞎眼的人。

　　　　哎呀,哎呀!

　　　　我知道你在这里,我虽然眼睛瞎了,还能清楚地辨别你的声音。

歌　队　你这个做了可怕的事的人啊,你怎么忍心弄瞎了自己的眼睛?是哪一位天神怂恿你的?

俄狄浦斯　(第二曲首节)是阿波罗,朋友们,是阿波罗使这些凶恶的、凶恶的灾难实现的;但是刺瞎了这两只眼睛的不是别人的手,而是我自己的,我多么不幸啊!什么东西看来都没有趣味,又何必看呢?

歌　队　事情正像你所说的。

俄狄浦斯　朋友们,还有什么可看的,什么可爱的,还有

---

① 指肉体上与精神上的痛苦。

什么问候使我听了高兴呢？朋友们，快把我这完全毁了的、最该诅咒的、最为天神所憎恨的人带出，带出境外吧！

歌　队　你的感觉和你的命运同样可怜，但愿我从来不知道你这个人。

俄狄浦斯　（第二曲次节）那在牧场上把我脚上残忍的铁镣解下的人，那把我从凶杀里救活了的人——不论他是谁——真是该死，因为他做的是一件不使人感激的事。假如我那时候死了，也不至于使我和我的朋友们这样痛苦了。

歌　队　但愿如此！

俄狄浦斯　那么我不至于成为杀父的凶手，不至于被人称为我母亲的丈夫；但如今，我是天神所弃绝的人，是不清洁的母亲的儿子，并且是，哎呀，我父亲的共同播种人。如果还有什么更严重的灾难，也应该归俄狄浦斯忍受啊。

歌　队　我不能说你的意见对。你最好死去，胜过瞎着眼睛活着。（哀歌完）

俄狄浦斯　别说这件事做得不妙，别劝告我了。假如我到冥土的时候还看得见，不知当用什么样的眼睛去看我父亲和我不幸的母亲，既然我曾对他们做出死有余辜的罪行。我看着这样生出的儿女顺眼吗？不，不顺眼，就连这城堡，这望楼，神们的神圣的偶像，我看着也不顺眼，因为我，忒拜城最高贵而又最不幸的人，已经丧失观看的权利了。我曾命令所有的人把那不清洁的人赶出去，即使他是天神所宣布的罪人，拉伊俄斯的儿子。我既然暴露了这样的污点，还能集中眼光看这些人吗？不，不能。如果有方法可以闭塞耳中的听觉，我一定把这可怜的身体封起来，使我不闻不见：当心神不为忧愁所扰乱时是多么舒畅啊！ 1390

唉，喀泰戎，你为什么收容我？为什么不把我捉来杀了，免得我在人们面前暴露我的身世？波吕玻斯啊，科任托斯啊，还有你这被称为我祖先的古老的家啊，你们把我抚养成人，皮肤多么好看，下面却有毒疮在溃烂啊！我现在被发现是个卑贱的人，是卑贱的人所生。 1396

你们三条道路和幽谷啊，橡树林和三岔路口的窄路啊，你们从我手中吸饮了我父亲的血，也就是我的血，你们还记得我当着你们做了些什么事，来这里以后又做了些什么事吗？

婚礼啊，婚礼啊，你生了我，生了之后，又给你的孩子生孩子，你造成了父亲、哥哥、儿子，以及新娘、妻子、母亲的乱伦关系，人间最可耻的事。

不应当做的事情就不应当拿来讲。看在天神面上，快把我藏在远处，或是把我杀死，或是把我丢到海里，你们不会在那里再看见我了。来呀，牵一牵这可怜的人吧。答应我，别害怕，因为我的罪除了自己担当而外，别人是不会沾染的。 1415

歌队长　克瑞昂来得巧，正好满足你的要求，不论你要他给你做什么事，或者给你什么劝告，如今只有他代你做这地方的保护人。

俄狄浦斯　唉，我对他说什么好呢？我怎能合理地要求他相信我呢？我先前太对不住他了。

〔克瑞昂自观众右方上。

克瑞昂　俄狄浦斯，我不是来讥笑你的，也不是来责备你过去的罪过的。

（向众侍从）尽管你们不再重视凡人的子孙，也得尊重我们的主宰赫利奥斯的养育万物之光，为此，不要把这一种为大地、圣雨和阳光所厌恶的污染赤裸地摆出来。快把他带进宫去！只有亲属才能看，才能听亲属的苦难，这样才合乎宗教上的规矩。

俄狄浦斯　你既然带着最高贵的精神来到我这个最坏的人这里，使我的忧虑冰释了，请看在天神面上，答应我一件事，我是为你好，不是为我好而请求啊。

克瑞昂　你对我有什么请求？

俄狄浦斯　赶快把我扔出境外，扔到那没有人向我问好的地方去。

克瑞昂　告诉你吧，如果我不想先问神怎么办，我早就这样做了。

俄狄浦斯　他的神示早就明白地宣布了，要把那杀父的、那不洁的人毁了①，我自己就是那人哩。

克瑞昂　神示虽然这样说，但是在目前的情况下，最好还是去问问怎么办。

俄狄浦斯　你愿去为我这样不幸的人问问吗？

克瑞昂　我愿意去，你现在要相信神的话。

---

① "毁了"可以指"被放逐"，也可以指"被处死刑"。克瑞昂带回来的神示并不肯定。

俄狄浦斯　是的,我还要吩咐你,恳求你把屋里的人埋了,你愿意怎样埋就怎样埋,你会为你姐姐正当地尽这礼仪的。当我在世的时候,不要逼迫我住在我的祖城里,还是让我住在山上吧,那里是因我而著名的喀泰戎,我父母在世的时候曾指定那座山作为我的坟墓,我正好按照要杀我的人的意思死去。但是我有这么一点把握:疾病或别的什么都害不死我;若不是还有奇灾异难,我不会从死亡里被人救活。①

我的命运要到哪里,就让它到哪里吧。提起我的儿女,克瑞昂,请不必关心我的儿子们,他们是男人,不论在什么地方,都不会缺少衣食;但是我那两个不幸的、可怜的女儿——她们从来没有看见我把自己的食桌支在一边,②不陪她们吃饭,凡是我吃的东西,她们都有份,请你照应她们,请特别让我抚摸着她们悲叹我的灾难。答应吧,亲王,精神高贵的人!只要我抚摸着她们,我就会认为她们依然是我的,正像我没有瞎眼的时候一样。

〔二侍从进宫,随即带领安提戈涅和伊斯墨涅自宫中上。

啊,这是怎么回事?看在天神面上,告诉我,我听见的是不是我亲爱的女儿们的哭声?是不是克瑞昂怜悯我,把我的宝贝——我的女儿们送来了?我

---

① 在索福克勒斯的悲剧《俄狄浦斯在科罗诺斯》里,俄狄浦斯漂流到雅典西郊科罗诺斯村,得到一个神秘的结局。
② 古希腊人的饭桌在吃饭时才拿进屋来支上。

说得对吗?

克瑞昂　你说得对,这是我安排的,我知道你从前喜欢她们,现在也喜欢她们。

俄狄浦斯　愿你有福!为了报答你把她们送来,愿天神保佑你远胜过他保佑我。

　　(向二女孩)孩儿们,你们在哪里,快到这里来,到你们的同胞手里来,是这双手使你们父亲先前明亮的眼睛变瞎的。啊,孩儿们,这双手是那没有认清楚人,没有了解情况,就通过生身母亲成为你们父亲的人的。我看不见你们了。想起你们日后辛酸的生活——人们会叫你们过那样的生活——我就为你们痛哭。你们能参加什么社会生活,能参加什么节日典礼呢?① 你们看不见热闹,会哭着回家。等你们到了结婚年龄,孩儿们,有谁来冒挨骂的危险呢?那种辱骂对我的子女和你们的子女都是有害的。什么耻辱你们少得了呢?"你们的父亲杀了他的父亲,把种子撒在生身母亲那里,从自己出生的地方生了你们。"你们会这样挨骂的;谁还会娶你们呢?啊,孩儿们,没有人会;显然你们命中注定不结婚,不生育,憔悴而死。

　　墨诺叩斯的儿子啊,你既是他们唯一的父

---

① 此处描写的是诗人自己时代的生活。当时的雅典妇女可以参加公共集会,如追悼会。"节日"指酒神节日和雅典娜节日等。在酒神节里,妇女可以看悲剧。这些节日都是富于宗教意味的,不清洁的人不得参加,希腊人在公共场所的感觉是很敏锐的。得马剌托斯在斯巴达看戏时被人侮辱,他立即用长袍盖着头退出了剧场。

亲——因为我们,她们的父母,两人都完了,就别坐视她们,你的外甥女,在外流浪,没衣没食,没有丈夫,别使她们和我一样受苦受难。看她们这样年轻,孤苦伶仃——在你面前,就不同了,你得可怜他们。

啊,高贵的人,同我握手,表示答应吧!

(向二女孩)我的孩儿,假如你们已经懂事了,我一定给你们出许多主意,但是我现在只教你们这样祷告,说机会让你们住在哪里,你们就愿住在哪里,①希望你们的生活比你们父亲的快乐。 1514

克瑞昂　你已经哭够了,进宫去吧。

俄狄浦斯　我得服从,尽管心里不痛快。

克瑞昂　万事都要合时宜才好。

俄狄浦斯　你知道不知道我要在什么条件下才进去?

克瑞昂　你说吧,我听了就会知道。

俄狄浦斯　就是把我送出境外。

克瑞昂　你向我请求的事要天神才能答应。

俄狄浦斯　众神最恨我。

克瑞昂　那么你很快就可以满足你的心愿。②

俄狄浦斯　你答应了吗?

克瑞昂　不喜欢做的事我不喜欢白说。

俄狄浦斯　现在带我走吧。

~~~~~~~~~~~~~~~~~~~~

① 这话的意思是:"如果可能,就住在忒拜;否则就随天神派遣,去到一个不十分使你们感觉痛苦的地方。"
② 《俄狄浦斯在科罗诺斯》剧中(见第433行以下一段)说克瑞昂起初把俄狄浦斯留在忒拜,这自然不合俄狄浦斯的意思。过了一些时候,俄狄浦斯心里平静了,愿意留下,但忒拜人却要把他放逐,克瑞昂这才把他送出国外。

克瑞昂　走吧,放了孩子们!

俄狄浦斯　不要从我怀抱中把她们抢走!

克瑞昂　别想占有一切;你所占有的东西不会一生跟着你。 1523

〔众侍从带领俄狄浦斯进宫,克瑞昂、二女孩和传报人随入。

歌队长　忒拜本邦的居民啊,请看,这就是俄狄浦斯。他道破了那著名的谜语,成为最伟大的人;哪一位公民不曾带着羡慕的眼光注视他的好运?他现在却落到可怕的灾难的波浪中了!

因此,当我们等着瞧那最后的日子的时候,不要说一个凡人是幸福的,在他还没有跨过生命的界限,还没有得到痛苦的解脱之前。 1530

〔歌队自观众右方退场。

"外国文学名著丛书"书目

第 一 辑

书 名	作 者	译 者
伊索寓言	〔古希腊〕伊索	周作人
源氏物语	〔日〕紫式部	丰子恺
堂吉诃德	〔西班牙〕塞万提斯	杨 绛
泰戈尔诗选	〔印度〕泰戈尔	冰 心 石 真
坎特伯雷故事	〔英〕杰弗雷·乔叟	方 重
失乐园	〔英〕约翰·弥尔顿	朱维之
格列佛游记	〔英〕斯威夫特	张 健
傲慢与偏见	〔英〕简·奥斯丁	王科一
雪莱抒情诗选	〔英〕雪莱	查良铮
瓦尔登湖	〔美〕亨利·戴维·梭罗	徐 迟
欧·亨利短篇小说选	〔美〕欧·亨利	王永年
特利斯当与伊瑟	〔法〕贝迪耶	罗新璋
巨人传	〔法〕拉伯雷	鲍文蔚
忏悔录	〔法〕卢梭	范希衡 等
欧也妮·葛朗台 高老头	〔法〕巴尔扎克	傅 雷
雨果诗选	〔法〕雨果	程曾厚
巴黎圣母院	〔法〕雨果	陈敬容
包法利夫人	〔法〕福楼拜	李健吾
叶甫盖尼·奥涅金	〔俄〕普希金	智 量
死魂灵	〔俄〕果戈理	满 涛 许庆道

书　名	作　者	译　者
当代英雄	〔俄〕莱蒙托夫	草　婴
猎人笔记	〔俄〕屠格涅夫	丰子恺
白痴	〔俄〕陀思妥耶夫斯基	南　江
列夫·托尔斯泰中短篇小说选	〔俄〕列夫·托尔斯泰	草　婴
怎么办？	〔俄〕车尔尼雪夫斯基	蒋　路
高尔基短篇小说选	〔苏联〕高尔基	巴　金　等
浮士德	〔德〕歌德	绿　原
易卜生戏剧四种	〔挪〕易卜生	潘家洵
鲵鱼之乱	〔捷〕卡·恰佩克	贝　京
金人	〔匈〕约卡伊·莫尔	柯　青

第 二 辑

荷马史诗·伊利亚特	〔古希腊〕荷马	罗念生　王焕生
荷马史诗·奥德赛	〔古希腊〕荷马	王焕生
十日谈	〔意大利〕薄伽丘	王永年
莎士比亚悲剧五种	〔英〕威廉·莎士比亚	朱生豪
多情客游记	〔英〕劳伦斯·斯特恩	石永礼
唐璜	〔英〕拜伦	查良铮
大卫·科波菲尔	〔英〕查尔斯·狄更斯	庄绎传
简·爱	〔英〕夏洛蒂·勃朗特	吴钧燮
呼啸山庄	〔英〕爱米丽·勃朗特	张　玲　张　扬
德伯家的苔丝	〔英〕托马斯·哈代	张谷若
海浪　达洛维太太	〔英〕弗吉尼亚·吴尔夫	吴钧燮　谷启楠
哈克贝利·费恩历险记	〔美〕马克·吐温	张友松
一位女士的画像	〔美〕亨利·詹姆斯	项星耀
喧哗与骚动	〔美〕威廉·福克纳	李文俊
永别了武器	〔美〕欧内斯特·海明威	于晓红

书　名	作　者	译　者
波斯人信札	〔法〕孟德斯鸠	罗大冈
伏尔泰小说选	〔法〕伏尔泰	傅　雷
红与黑	〔法〕司汤达	张冠尧
幻灭	〔法〕巴尔扎克	傅　雷
莫泊桑中短篇小说选	〔法〕莫泊桑	张英伦
文字生涯	〔法〕让-保尔·萨特	沈志明
局外人　鼠疫	〔法〕加缪	徐和瑾
契诃夫小说选	〔俄〕契诃夫	汝　龙
布宁中短篇小说选	〔俄〕布宁	陈　馥
一个人的遭遇	〔苏联〕肖洛霍夫	草　婴
少年维特的烦恼	〔德〕歌德	杨武能
德国，一个冬天的童话	〔德〕海涅	冯　至
绿衣亨利	〔瑞士〕戈特弗里德·凯勒	田德望
斯特林堡小说戏剧选	〔瑞典〕斯特林堡	李之义
城堡	〔奥地利〕卡夫卡	高年生

第　三　辑

埃斯库罗斯悲剧二种	〔古希腊〕埃斯库罗斯	罗念生
索福克勒斯悲剧二种	〔古希腊〕索福克勒斯	罗念生
欧里庇得斯悲剧二种	〔古希腊〕欧里庇得斯	罗念生
神曲	〔意大利〕但丁	田德望
西班牙流浪汉小说选	〔西班牙〕克维多　等	杨　绛　等
阿拉伯古代诗选	〔阿拉伯〕乌姆鲁勒·盖斯　等	仲跻昆
列王纪选	〔波斯〕菲尔多西	张鸿年
蕾莉与马杰农	〔波斯〕内扎米	卢　永
莎士比亚喜剧五种	〔英〕威廉·莎士比亚	方　平
鲁滨孙飘流记	〔英〕笛福	徐霞村

书　名	作　者	译　者
彭斯诗选	〔英〕彭斯	王佐良
艾凡赫	〔英〕沃尔特·司各特	项星耀
名利场	〔英〕萨克雷	杨　必
人性的枷锁	〔英〕威廉·萨默塞特·毛姆	叶　尊
儿子与情人	〔英〕D. H. 劳伦斯	陈良廷　刘文澜
杰克·伦敦小说选	〔美〕杰克·伦敦	万　紫　等
了不起的盖茨比	〔美〕菲茨杰拉德	姚乃强
木工小史	〔法〕乔治·桑	齐　香
恶之花　巴黎的忧郁	〔法〕波德莱尔	钱春绮
萌芽	〔法〕左拉	黎　柯
前夜　父与子	〔俄〕屠格涅夫	丽　尼　巴　金
卡拉马佐夫兄弟	〔俄〕陀思妥耶夫斯基	耿济之
安娜·卡列宁娜	〔俄〕列夫·托尔斯泰	周　扬　谢素台
茨维塔耶娃诗选	〔俄〕茨维塔耶娃	刘文飞
德国诗选	〔德〕歌德　等	钱春绮
安徒生童话选	〔丹麦〕安徒生	叶君健
外祖母	〔捷〕鲍·聂姆佐娃	吴　琦
好兵帅克历险记	〔捷〕雅·哈谢克	星　灿
我是猫	〔日〕夏目漱石	阎小妹
罗生门	〔日〕芥川龙之介	文洁若

第四辑

一千零一夜		纳　训
培根随笔集	〔英〕培根	曹明伦
拜伦诗选	〔英〕拜伦	查良铮
黑暗的心　吉姆爷	〔英〕约瑟夫·康拉德	黄雨石　熊　蕾
福尔赛世家	〔英〕高尔斯华绥	周煦良

书 名	作 者	译 者
月亮与六便士	〔英〕威廉·萨默塞特·毛姆	谷启楠
萧伯纳戏剧三种	〔爱尔兰〕萧伯纳	潘家洵 等
红字 七个尖角顶的宅第	〔美〕纳撒尼尔·霍桑	胡允桓
汤姆叔叔的小屋	〔美〕斯陀夫人	王家湘
白鲸	〔美〕赫尔曼·梅尔维尔	成 时
马克·吐温中短篇小说选	〔美〕马克·吐温	叶冬心
老人与海	〔美〕欧内斯特·海明威	陈良廷 等
愤怒的葡萄	〔美〕约翰·斯坦贝克	胡仲持
蒙田随笔集	〔法〕蒙田	梁宗岱 黄建华
悲惨世界	〔法〕雨果	李 丹 方 于
九三年	〔法〕雨果	郑永慧
梅里美中短篇小说选	〔法〕梅里美	张冠尧
情感教育	〔法〕福楼拜	王文融
茶花女	〔法〕小仲马	王振孙
都德小说选	〔法〕都德	刘 方 陆秉慧
一生	〔法〕莫泊桑	盛澄华
普希金诗选	〔俄〕普希金	高 莽 等
莱蒙托夫诗选	〔俄〕莱蒙托夫	余 振 顾蕴璞
罗亭 贵族之家	〔俄〕屠格涅夫	陆 蠡 丽 尼
日瓦戈医生	〔苏联〕帕斯捷尔纳克	张秉衡
大师和玛格丽特	〔苏联〕布尔加科夫	钱 诚
茨威格中短篇小说选	〔奥地利〕斯·茨威格	张玉书 等
玩偶	〔波兰〕普鲁斯	张振辉
万叶集精选	〔日〕大伴家持	钱稻孙
人间失格	〔日〕太宰治	魏大海

第 五 辑

书 名	作 者	译 者
泪与笑 先知	〔黎巴嫩〕纪伯伦	冰 心 等
华兹华斯 柯尔律治 诗选	〔英〕华兹华斯 柯尔律治	杨德豫
济慈诗选	〔英〕约翰·济慈	屠 岸
汤姆·索亚历险记	〔美〕马克·吐温	张友松
大街	〔美〕辛克莱·路易斯	潘庆舲
田园三部曲	〔法〕乔治·桑	罗 旭 等
金钱	〔法〕左拉	金满成
果戈理小说戏剧选	〔俄〕果戈理	满 涛
奥勃洛莫夫	〔俄〕冈察洛夫	陈 馥
谁在俄罗斯能过好日子	〔俄〕涅克拉索夫	飞 白
亚·奥斯特洛夫斯基戏剧六种	〔俄〕亚·奥斯特洛夫斯基	姜椿芳 等
复活	〔俄〕列夫·托尔斯泰	草 婴
静静的顿河	〔苏联〕肖洛霍夫	金 人
谢甫琴科诗选	〔乌克兰〕谢甫琴科	戈宝权 任溶溶
维廉·麦斯特的学习时代	〔德〕歌德	冯 至 姚可崑
叔本华随笔集	〔德〕叔本华	绿 原
艾菲·布里斯特	〔德〕台奥多尔·冯塔纳	韩世钟
豪普特曼戏剧三种	〔德〕豪普特曼	章鹏高 等
铁皮鼓	〔德〕君特·格拉斯	胡其鼎
加西亚·洛尔卡诗选	〔西班牙〕加西亚·洛尔卡	赵振江
你往何处去	〔波兰〕亨利克·显克维奇	张振辉
显克维奇中短篇小说选	〔波兰〕亨利克·显克维奇	林洪亮
裴多菲诗选	〔匈〕裴多菲	孙 用

书名	作者	译者
轭下	〔保〕伐佐夫	施蛰存
卡勒瓦拉(上下)	〔芬兰〕埃利亚斯·隆洛德	孙 用
破戒	〔日〕岛崎藤村	陈德文
戈拉	〔印度〕泰戈尔	刘寿康
三个火枪手(上下)	〔法〕大仲马	李玉民
约翰-克利斯朵夫(上下)	〔法〕罗曼·罗兰	傅 雷
都兰趣话	〔法〕巴尔扎克	施康强

第 六 辑

金驴记	〔古罗马〕阿普列尤斯	王焕生
萨迦	〔冰岛〕佚名	石琴娥 斯 文
约婚夫妇	〔意大利〕曼佐尼	王永年
双城记	〔英〕查尔斯·狄更斯	石永礼 赵文娟
飘	〔美〕米切尔	戴 侃 等
狄金森诗选	〔美〕艾米莉·狄金森	江 枫
在路上	〔美〕杰克·凯鲁亚克	黄雨石 等
尤利西斯	〔爱尔兰〕詹姆斯·乔伊斯	金 隄
漂亮朋友	〔法〕莫泊桑	张冠尧
战争与和平	〔俄〕列夫·托尔斯泰	刘辽逸
陀思妥耶夫斯基中短篇小说选	〔俄〕陀思妥耶夫斯基	文 颖 等
阿赫玛托娃诗选	〔俄〕阿赫玛托娃	高 莽
布登勃洛克一家	〔德〕托马斯·曼	傅惟慈
西线无战事	〔德〕雷马克	邱袁炜
雪国	〔日〕川端康成	陈德文
晚年样式集	〔日〕大江健三郎	许金龙

7